アクロバット前夜90°

福永信

目次

読み終えて

君は、ねらわれている。

いきなりこんなふうに書き出しても、信用されないのはわかりきっている。僕だってできるなら陳腐な言い回しは避けたかった。しかし、耳の中に、いきなり入ってくるというのでもないかぎり、こういうことはいつだって事前にシャットアウトされてしまうものだ。いきなり言わないことには、聞いてさえもらえないということだ。

もう一度言おう。君はねらわれている。校舎の中に入ったとたんに、ねらわれ始めるのだ。君は歩き始めると後をつけられ、行き先を予測されて行く手を阻まれ、挟み撃ちにされ、暴力によって抵抗を封じられた上で、別の場所に強制的に移動させられる。誘拐だ。簡単にいえばそういうことだ。

急いでたくさんのことを付け足していこう。君を誘導し誘拐する計画が実行されたのは昨日のことだ。身に覚えがないのは当然だ。僕が阻止していたからだ。そして、昨日に引き続き、今日もその計画は実行されるだろう。身動きがとれなくなるまで、続くのだ。誰が実行しているのかはわからない。正体不明だ。そして目的も不明のままだ。

これからここに書くことは昨日の君の身に、実際に起こっていた出来事だ。君自身が知っている場面と、君自身も初めて知る場面とがあるはずだ。そのすべてを把握し、君を始終ねらっていた正体不明の連中の手口を理解しておけば、今日の君の行動に役立つはずだ。

幸い君の毎日の行動は昨日と今日の区別がつかないほど似かよったものだ。おそらくそれは今日と明日のちがいをもあいまいにしている。こうして昨日の行動を君自身の知らなかったところまで知ることは、今日の行動のための具体的な参考になると思う。ぜひ、活用してくれ。

君が僕のために書いてくれた手紙の冒頭部分は、だいたいこんな感じだったと思う。この手紙を読んだのは今日の朝だ。手紙はいまは手元にない。奪われてしまったのだ。僕が手紙の存在に気がついたのは、朝、教科書をカバンに突っ込んでいたときだった。体育の授業が中止だったので持って帰っていたジャージのポケットの中にそれは四つ折りにされて入っていた。数学のノートを破って使ったらしく昨日習ったばかりの公式なんかが書いてある下に、唐突に、手紙は書き始められていたのだった。

手紙には、その冒頭部分の後、昨日僕に起こったことが克明に書き記されていた。

僕は学校にいた間中、正体不明の連中にねらわれていたというのだ。君の書いていたとおり、僕はまったく無自覚だった。君が守ってくれていたなんて、ちっとも気がつかなかった。そんなことがあった事実さえ、手紙を読んでやっと知ったというわけだ。君がいまこれを読んでいるようにだ。

話はじつにやっかいだ。やっかいなのは、今日読んだその手紙で、ということはつまり実際に起こっていたのは昨日ということになるのだが、そのときねらわれていた僕を守ってくれていた君が、本当はねらわれていたのだという事実のためだ。僕ではなく、君自身がじつはねらわれている立場にいたのだということをどうやって君に説明したらいいのだろう？　君を説得できるだろうか？　いまでも僕は不安だ。君の書いた手紙を引き写すようなことをしたのもそのためなのだ。つまり事実は君の思っていたことと正反対に進行していたということなのだ。君と僕の役割を入れ替えれば、君の書いた手紙は、そのまま君自身の行動を書いていたといってもいいくらいだ。その手紙が奪われたのは当然といえば当然だ。

もちろん僕がねらわれていたのも事実だ。だが、僕がねらわれていたのはあくまでも君の注意をそらすための作戦だったのだ。いまもこの手紙を書きながら、すぐ近くにやつらの気配を感じないわけにはいかない。文字が震えてしまう。これを書き終わるまでの時間が残されているだろうか。書き終えたとして、君の手に渡す手段があるのだろうか。

前置きはこれくらいにしておこう。今日、本当のところ君の身に何が起こっていたのかを書くべきだ。

朝は急いでいたので君からの手紙は全部は読まずにそのまま学校に向かった。雨こそ降ってはいなかったが分厚い雲が空全体を覆っていて、強い風が吹いていた。風はやむことはなく、絶えず視野に映り込むどこかの部分が動いていた。一応カバンの中に入れてはいたが、遅刻しそうだったので手紙のことはすっかり忘れていた。一時間目は何事もなく過ぎた。ずっと図書室で眠っていた。体育の授業がなかったからだ。二時間目の国語が自習で、それも「明日の自分に手紙を書いてみる」という作文だったので思い出したのだった。中学生にもなって「明日の自分に手紙を書いてみる」なんて、幼稚なテーマだ。いまから考えれば、これも手紙のことを僕に気づかせるための罠だったのかもしれない。罠としてはできすぎだ。僕はそんなできすぎの罠にまんまとはまってしまったということだ。君からの手紙を読むことが罠だなんて、そのときどうやって気づくことができよう。もちろんそんな作文は書かずに教室を抜け出し、僕は人目につかない場所を探した。すでに冒頭部分を読んでいたのでヤバイ内容であることはわかっていた。クラスのほとんどの連中も教室を抜け出していた。授業中であるにもかかわらず、廊下は生徒たちであふれていた。他のクラスも自習なのだと思った。どこに目をやっても生徒の姿があった。肩にぶつかりながら歩き続けた。結局、新校舎につながっている二階の渡り廊下まできてしまっていた。

手紙の続きを読もうとしたとたん、風が吹いてバラバラに床に散らばってしまった。渡り廊下の窓が全部開いていたのだ。急いで拾い集めたが足りないページが何枚もあった。順番もデタラメになってしまった。授業終了のチャイムが鳴り、もう一度チャイムが鳴るまで、欠けたページを探したり手元にある手紙を正しい順序に並べ直したりした。三時間目の始まりを知らせるチャイムが鳴り終わったと同時に、やっとのことで最後の一ページが見つかったのだった。しかし、その後、僕の身に不幸が降りかかることになる。もちろん、風の強い日に渡り廊下の窓を全開にしていたのも、床一面に散らばった手紙を隠し、別の手紙とすり替えたのもすべて、最初から仕組まれていたことなのだ。

君からの手紙を読み進めるうちに、僕は正体不明の連中の存在を自分の背後に意識し、身の危険を感じ始めていた。僕は恐ろしくなった。殴られないように気をつけろと書かれたところを読んだ直後に、突然背後から殴られたのだった。さっそく最初の不幸が訪れたのだ。振り向くと渡り廊下の先の曲がり角を素早く曲がる背中が見えた。それはジャージ姿だった。オレンジ色のあのダサいやつだ。男女の区別はつかなかった。僕は後を追った。後は簡単に追うことができた。新校舎の階段を上り、端から端までの廊下を一直線に走り抜け、再び階段を駆け降りた。それは本当にいつまでも追うことができるのだった。何回も空き教室に入り、全力で靴箱まで廊下を走って、そしてまた階段を駆け上がったが、いつでもジャージ姿は僕の視野の隅に入っていてチラチラとかすかにゆれて、その位置を確認させてから消えるのだ。僕は不審に思った。わざと追いかけるスピードを落としてみた。ゆっくりと歩くようにしてみてもジャージの後ろ姿は変わることなく視野の中に入り続けるのだった。僕に合わせて走る速さを調節しているのだ。オレンジ色のジャージの後ろ姿は常にいったん視野の片隅に入ってから、角を曲がるなりドアを閉めるなりして消えるのだ。僕は何かから、ただたんに、遠ざけられているだけなのだと気づいた。息が切れていた。

僕はヘトヘトになっていたが、今度はオレンジ色のジャージ姿が視野の中に入らないように意識しながら歩き始めた。すると、君の後ろ姿が目の中に入ってきたのだった。

　フェンス越しに校庭の見下ろせる窓はしっかりと鍵がかけられていた。壁に貼られた掲示物がカサカサと音を立てて動くこともなかった。もう三時間目の授業はとっくに始まっていた。廊下には教室から教師の声が漏れ聞こえていた。こんな時間にここを歩いているように君は誘い出されていたのだ。つまり君は僕を探していたのだった。紫色の裏地を強調するように腕まくりをして伸びた白い手が、君の背後から、音もなく、肩の上に乱暴に置かれようとしていた。廊下のずっと先にもこちらに近づいてくる人影があった。手は肩をつかむためにすでにすべての指を鉤型に曲げていた。太い腕には筋肉が幾筋にも割れていた。手の甲には紫色の血管が浮いていた。少しおおげさだ。だがそうだったのだ。右手はそんなふうだったのに、左手はだらりと垂れたままだったので、僕がそっちの肩を軽くたたくと、それだけでその太い腕の持ち主は廊下に転んでしまった。あまりにあっけなかった。僕もバランスを失って同じようにしりもちをついてしまったほどだ。それでも右手が廊下を這って伸びていきそうだったので、腰を二、三センチ浮かせて二、三歩前に進んだところで右肩を軽くたたかれた。とんとんとんとん、という具合に。振り向いたとたん、僕は何者かに殴られたのだった。さっきの正体不明のジャージ姿の人物による後頭部への一撃とは比較にならないほどだ。

手で肩を軽くトントントンとたたき、そのまま肩に置いた手の人差し指だけを伸ばしておいて、相手の振り向いたほっぺたをつつくという遊びがあるのは君も知っているとおりだ。君は実際にやったことさえあるだろう。いや、ほとんど好んでやっているフシさえうかがえる。僕は何回も目撃した。これは最近われわれの間で急激に広まっている幼稚な遊びだ。僕はそれだとてっきり思っていたのだ。こちらの読みが甘かったのだ。その結果、予想さえしなかった乱暴を受けてしまったのだった。僕が罠にはめられたり乱暴を受けたりしたのは、君をねらうのに邪魔になるからだ。僕はいつも君にぴったりとくっついていたのだから。それに僕が罠にはまって乱暴を受ければ、君には僕がねらわれていると思い込ませておくことができる。そして君自身が無防備になったところを、ねらうのだ。

僕が目覚めたのは保健室のベッドの中だった。白衣を着たエズキ先生の後ろ姿が見えた。色分けされた分厚いファイルがたくさん並べられている大きな事務机の向こうの窓の中には、やはり分厚い灰色の雲が空を覆っているのが見えた。風が植木を強くゆすっていた。窓は閉まっていた。起き上がろうとすると、顔と肩と腹にまだ痛みが残っていて、思わず声が漏れてしまった。顔と肩と腹？　殴られたのは振り向いたときの顔への一発だけじゃなかったのか？　僕は不審に思って首を曲げて確認しようとしたができなかった。首にも激痛が走ったからだ。それでも視野の片隅に、一瞬だけ、大きなオレンジ色の痣ができているのが見えた。僕はまた呻き声をあげた。ほとんど悲鳴に近かったと思う。エズキ先生は「安静にしてなきゃだめじゃないの」と言って、中途半端な格好に体を起こしていた僕にそのヒンヤリとした手を添えてやさしく寝かせてくれた。後頭部もおしりも背中もふくらはぎも痛かった。これではまるでリンチを受けたみたいだ。「誰にやられたの」とエズキ先生は少しのためらいもなく聞いた。僕は黙っていた。僕もさっぱりわからなかったからだ。正体不明の連中に、と言ったって、何も言ったことにならない。おおげさに力んだあの右手の印象しか覚えていない。あんな腕の持ち主が誰かなど見当もつかない。僕は頭を殴られただけでなく、本当にリンチを受けたのだ。あの後、意識を失った後で、正体不明の連中によって。この傷と痣が証拠だ。腕や足を見ながらそんなことを考えていると、エズキ先生は僕の沈黙を誤解して「いいわ、そのことは後で聞くから」と言ってそのままドアに近づくと、振り向いてニコッと微笑んで、「君の名前を聞いてなかったわ」と付け足した。とっさに思いついて、僕は君の名前を言った。エズキ先生は僕のおそらくは痣だらけの顔を見つめながら、君の名前を小さな声で繰り返してから、保健室を出て行った。

僕がなぜこのときに君の名前を語ったかを手短に説明しておく必要があるだろう。それはつまりこういうことだ。乱暴を受けたのが僕ではなく君であることになれば、実際には正体不明の連中は君に指一本触れていないうちからすでに、君が何者かにねらわれ乱暴を受けたという事実が学校中に広まると踏んだからだ。単なるイジメだと解釈されてしまうだろうが、君をいったん目立たせてしまえば、連中の今後の行動をかなり制限できるはずだ。君が今日（いまこれを読んでいる君からみれば昨日だ）、クラスメイトからジロジロ見られていたのはこういうわけなのだ。結果的にこの視線の束が君を守ることに一役買ったのである。

これでわかっただろう。僕の行方を探して廊下を歩いていた君に背後からいきなり目隠しをして振り向かせ顔面を殴ったのはこの僕だ。痣や傷がまったくないのではあやしまれるのでしかたがなかったんだ。もちろんだいぶ手加減をしたし、制服から見える部分だけでやめておいた。だが手加減し過ぎてあまり跡が残らなかったから絵の具で着色しておいた。エズキ先生が保健室からいなくなると僕はベッドから抜け出してすぐにそれを実行した。

君は殴られてバランスを崩し膝から床に倒れた。僕にはまだやっておかなければならない作業があった。保健室に戻ってきたエズキ先生を始末しなければならないのだ、と僕は呟いた。始末とはおおげさな台詞だ。だがそうしないと手当をするために保健室にきた君は自分の名前を名乗ってしまう。君とエズキ先生は初対面だから君からわざわざ名前を言う可能性は十分考えられるのだ。そうなれば僕が君に扮していることが水の泡になってしまう。僕は体の向きを変え、目隠しをされたままの君をその場に残して、オレンジ色の絵の具がまだたっぷりと染み込んだ筆を手に持ったまま保健室へと走った。

　階段を降りてすぐの曲がり角で、同じように走ってきていたクスノセとぶつかってしまった。クスノセセツコ。君は彼女のことがひそかに好きだろう。かわいいからだ。君はかわいい顔をした女子には、それだけで、本当に弱いんだ。まったく単純だな。ところでクスノセのことは僕も好きだったから、ぶつかってしりもちをついた彼女の華奢な体の上に覆いかぶさる格好になってしまったのは大変ラッキーなことだった。だが怒らないでほしい。ここまではしかたのないことなのだ。君だって手紙で、タノウエエミコと曲がり角でぶつかったと書いていただろう。君の場合はすみやかに体を離した。だから問題は起こらなかった。急いでいる身なのだから当然だ。しかし、僕はクスノセの体からなるべく時間をかけてゆっくり自分の体を離そうとした。なるべく感触を味わっておこうというわけだ。下心というヤツだ。そしてところがどうだ。クスノセは僕の背中に両側からその細い腕をまわしたのだ。そして、僕の体を引き寄せて、人がこなければいいね、と言った。僕の耳にはそう聞こえた。どういうことだ。人がこなければいいということだ。その言葉のとおりに、こんな場所にもかかわらず、人はくる気配がなかった。人がこなければいいとはどういうことで、実際に人が誰もこないということはどういうことだ。僕はすっかり気が動転していた。いや、すっかり気が動転していたふりをしていたのかもしれない……。やっぱり本当に気が動転していたのだ。僕の体は硬直していた。すると彼女は顔で円を描いて僕の顔をなめまわし始めたのだった。下品な行為だ。これを書いていて、そう思わざるを得ない。僕はいま、赤面している。指の先まで真っ赤だ。読んでいる君なら、なおさらだろう。握っていた絵筆は二人の体の間に落ちた。制服が汚れてしまっていることに僕は気づいていなかった。僕はかすかに声を上げ始めた。彼女は口で何回も小さな円を描きながら耳、おでこ、頬、首すじをなめ続けた。声はだんだん大きくなっていった。僕は両手で耳をふさいでいた。自分の声だとは思えなかった。これが罠だと気づいたのは、階段のてすりのついた壁に体を打ち付けた後だった。目を開けるとクスノセの姿は見えなかった。下品なオレンジ色の絵の具がズボンを汚していた。

この計画にはクスノセがかかわっている。正体不明の連中の一人だ。つまりこういうことだ。クスノセは僕が階段を駆け降りてくるのをまちぶせしていて、誘うようにわざと仰向けになるように倒れた。そして背中に手をまわし、僕の気が動転するように誘ったのだ。案の定、僕の気は動転した。君のことなどすっかり忘れていた。ここが学校であることも忘れていた。それがクスノセのねらいだったのだ。保健室に先まわりできなければ僕が君を名乗っていたことは無効になる。君の名前は君に戻ってしまう。せっかくの攪乱作戦は失敗するというわけなのだ。クスノセは、隣が職員室なので適当に時間が過ぎれば教師に見つかると踏んでいたのだろうが、実際はなかなか誰もやってこなかった。人がこなければいいねという彼女自身の台詞のとおりになってしまったのだ。そこで見切りをつけて、背中にまわしていた手をほどいて、僕の体を思いっきり突き放したのだ。細いクスノセの腕にこんな力があるなんて僕はそれまで全然知らなかった。

リンチを受けたときの体の痛みがまだ完全にひいていないし、強く壁に体を打ち付けたので立ち上がるだけで精一杯だったのだが、弱音を吐いてはいられなかった。

とにかく僕は保健室のある新校舎へとヨロヨロと歩き出したのだった。保健室のドアに手をかけて、ふと、いま歩いてきた廊下に目を向けると、君がヨロヨロと歩いてくるのが見えた。間に合ったのだと僕は安堵した。うつむいたまま少しずつ近づいてくる君は、上は真っ黒な学生服なのに下はオレンジ色に白い三本の縦のラインの入ったジャージ姿というなんとも珍妙な格好をしていた。そして左足をひきずっていた。これはいまだに謎だ。僕が目を離しているうちに君に何かが起こったのだ。すでに乱暴を受けてしまったのか？　僕が職員室付近で停滞している間に事態が悪い方向に進行したのはまちがいない。やつらは、ちゃんと、ちょっとした隙をねらっているのだ。僕はあわてて中に入った。殴って気絶させ睡眠薬を飲ませて顔が隠れるようにベッドに寝かせておくという手順を頭の中で瞬時に組み立てた。陳腐な発想だ。最初から組み立ててあるようなものだ。もう少し上品にできないのか。しかしそんな余裕はない。思いついたとおりに実行するだけだ。僕はそう思いながら保健室の中を見渡した。エズキ先生の姿はどこにも見えなかった。分厚いファイルが何冊も高く積まれたままの大きな机の前にある窓が開けられていた。白衣と同じ白の薄いカーテンがふくらんで、塗られたばかりのやはり真っ白な壁をなでていた。椅子がクルクルと回転していた。先を読まれていたのだった。

君の独特なキュッキュッと廊下をこすりながら歩く音が近づいてきたので僕はあせった。窓を閉めてから、とりあえず二つあるベッドの一つにもぐり込んだ。そして頭まで布団を被って息を殺した。ドアが開き、閉まる音がした後、しばらく沈黙が続いたが、やがて僕の隣のベッドに入り込むガサガサという音がした。それからまた沈黙があった。今度の沈黙はいつまでも続きそうだった。僕は体の向きを変えて隣のベッドの様子を覗いた。頭まですっぽりと被った布団がゆっくりと上下しているのが見えた。ベッドの下には、僕と同じ学年と組がマジックで書かれた上履きがあった。君の上履きだ。僕は起き上がるとその上履きに足をつっこみ、自分の上履きをごみ箱に放り込んでそっとベッドから離れた。

ベッドの中でかすかな寝息を立てているのが、君じゃないことはわかっていた。廊下に出ようとしてドアに近づいたところで、ドアの向こう側から君の声が聞こえていたからだ。ヒソヒソとした会話だった。相手の声はセキタカコだ。もっとよく聞こうと、閉まっているドアに耳を近づけると、いきなり、反対側の耳の中にガラスの割れる音が飛び込んできた。振り向くと窓が破られカーテンが波打ちながら机の上にある物をなでていた。会話は途切れていた。割れた部分から入り込んだ風がヒュウヒュウと音を立てていた。ベッドの中に人はいなかった。ドアをゆっくりと開けてみた。そこにはすでにセキタの姿も君の姿もなかった。

昼休みで廊下は騒々しく、体中が痛んでまっすぐ進むことができなかった。教室に着くまでに何人もの見知らぬ生徒たちにぶつかった。今日はやけに人にぶつかると思った。自分が倒れてしまわないように注意を払って歩いた。どんな罠が待ち受けているかわからないからだ。ぶつかった中に、正体不明の連中も混じっていたかもしれない。

下だけジャージ姿の君はちょうど教室を出ようとしているところだった。君は保健室の手前までできた後、教室に引き返していたのだ。おそらくこういうことだ。君が近づいてくるのを見て僕が保健室に入った後で、セキタに、エズキ先生は外出中だと告げられた。セキタは保健委員だ。それで君は教室に戻ったのだ。それからまた教室を出たのは僕を探すためだ。君は僕をずっと見失ったままだった。僕は君を見守るために君から姿を隠しているので、君が僕を見つけることができないのは当然だ。君自身がねらわれているのを知らないままのこの状況はすごく心苦しいものだ。

君が教室を出た直後に、クスノセとタノウエのポケベルが同時に鳴り出した。もちろんそのメッセージを読み取ることは僕のいる位置からでは不可能だった。ポケベルの呼び出し音さえ、聞こえていなかった。教室から出た君を追うことはせずに、僕は誰にも気づかれないように教室を横切って、窓に付け足し程度に張り出している小さなベランダに出ていたからだ。カーテンの合わせ目の隙間から、その仕草を見て、ポケベルだと判断したのだった。クスノセのポケベルは高価そうに見えた。タノウエのはシールをベタベタと貼っているので、最初何を取り出したのかわからなかった。二人は顔を見合わせていた。「二度目だ」と同時に叫んだような形に口を動かした。僕は窓ガラスのサッシを音を立てないように注意しながら少し動かしてみた。風が狭い通路を見つけて入り込み、ふくらんだカーテンは左右に広がった。教室の中は蛍光灯の明かりで均質に照らされていた。

この狭いベランダに出ているのは僕一人だ。両隣の教室にも同じ位置に同じ形のベランダがついているが、こんな生暖かい風の吹く日に外に出ている者など誰もいなかった。こうやって実際に外に出てみると、雲がとても分厚いことも、その分厚い雲が空全体を覆っていることも確認できるのだった。僕は顔中に脂汗を浮かべていた。いまだって、手のひらは汗で濡れていて文字を滲ませるほどなのだ。

話がそれるようだが、いま僕がいる場所も、じつはこのベランダだ。端には余分な椅子が置いてあって（もう一方の端にはモップが立て掛けてあり雑巾が五枚干してある）、そのうちのあまりガタガタしないのをひとつ選んで、机のかわりにしてこの君あての手紙をシャープペンシルでこうやって書いているというわけだ。いまは授業中だ。僕はクスノセ、セキタ、タノウエの会話を聞いた後、このベランダを抜け出した。そしてしばらくして自分自身の身の危険を感じたのでここに戻ってきて、手紙を書き出したのだ。それにしてもまだ僕がここにいるのが見つからないというのはラッキーだ。

窓の細長い隙間から吹き込んだ風と入れちがいにさっそく僕の耳の中に飛び込んできたのはセキタの大声だった。なんて言ってきたのさ、とそれは聞こえた。カーテンに隠れて姿の見えなかったセキタは、五時間目の予習をしているタジママスオの机に邪魔になるように腰かけて、二人の手の中を覗き込んでいた。クスノセとタノウエは同時に口を開いたのでなんて言ったのかわからなかった。タノウエは「四時に噴水広場だって」と付け足した。そしてまたすぐに小さな声を出して「最悪」と言った。「同じ時間に、二か所も、大変だな」とセキタが言った。「またバチが当たったんですかあ」クスノセはポケベルをしまいながらタノウエに言った。ポケベルをしまったのがカンペンケースの中だったのを見て、セキタは軽く曲げた右手の中指の少し伸びた爪の先でフタをカチカチカチと軽くたたきながら「なんで」と聞いた。クスノセは「フフフ」と笑った。意味ありげだ。僕は息を飲んだ。その小刻みにゆれる爪に注目していたタノウエが「マニキュア買ったんだ」と言った。タノウエの中指はセキタの指を軽く押さえた。カチカチカチという音がやんだ。そしてそのまま指の腹を爪の上まですべらせた。

「姉貴のを使ったんだ。バレたら殺される」とセキタは言った。そしてカンペンケースから手を離して、十本の指をすべて内側に折り曲げて蛍光灯の光に反射させるために手首を軽くゆらしてみせた。「もうバレてますって」「こんなにおおっぴらに塗ってんだもんなあ」クスノセとタノウエはキラキラと光る指先を覗き込みながら言った。そして自分たちも同じ格好をしてみたのだった。

その格好のまま「最悪」とタノウエが叫んだ。「最悪最悪最悪最悪」と立て続けに叫んだ。その声は教室の誰をも振り向かせるのに十分であった。スカートの中にゆるくしまい込まれてふくらんでいるブラウスに絵の具が点々と付着しているのに気づいたのだった。「絵の具」と、クスノセが絵の具を見て言った。かんしゃくを起こして、近くにあった机や椅子を手当たり次第に蹴っていたタノウエを、セキタは片手で軽く押さえ付けた。タジマは教科書とノートを持ってドアの近くに避難していた。セキタは絵の具のついている部分をつまんだ。「スカートにも少しついてる。洗ってあげるからさ、ジャージに着替えなよ」絵の具の色とマニキュアは同じ色だった。彼女たちの行動のすべてが意味ありげに思えた。

ガラスの窓を隔てているとはいえ、至近距離にいた僕はタノウエが投げ付ける鉛筆やら下敷きやらハーモニカやらが窓に当たるたびに脅えていた。それは僕に向けてわざと投げ付けられているように思えた。そしてとうとう、僕にとって最大の不幸が訪れた。その絵の具の色が僕がクスノセにつけた絵の具の色と同じだったことに気づいた直後に、二センチほど開けた窓の隙間を通って、僕の額の真ん中に勢いよくコンパスが突き刺さったのだった。

僕はこの三人の観察に時間を費やし過ぎていた。そのために教室を出た君をほったらかしにしてしまっていた。そうなってしまったのは、そもそも手紙のせいなのだ。昼休みの三人の仕草のひとつひとつを丹念に観察するように君の手紙は指示していた。いまになってみれば、これも罠であることは明白だ。意味ありげな仕草の数々や台詞のすべてが、君を守るための時間を無駄に過ごさせていたのだ。それだけでなく、一ミリでもズレれば致命的なコンパスの的にまで僕を仕立てたのだった。

僕はこのときになってやっと、手紙の中に君の筆跡をそっくり真似たニセのページが混じっていたのだと思い当たった。渡り廊下で風に飛ばされたときに差し替えられていたのだ。だが、どこからが差し替えられた部分で、どこまでが君が書いた部分なのか、区別することは不可能だった。震えや滲みのない筆跡はすべてが均質に並んでいた。実際にその手紙のとおりに動いてみて確認するしかなかった。とにかく、僕がニセの指示にしたがって引き留められている時間は、君の身に何かが起こっているということだ。突き刺さったコンパスはすぐにコンクリートの床の上に落ちた。

三人が教室を出るより先に、僕は廊下に出た。ハンカチで額を押さえ続けなければならないのが煩わしかったがしかたがなかった。僕は君を探しながら足早に廊下を進んだ。痛みは感じなかった。やっと見つけた君の後ろ姿はちょうどトイレのドアを押すところだった。君を見つけるのは案外簡単だったんだ。学生服にオレンジ色のジャージのズボンをはいたままで目立ちまくっていたからだ。

僕はトイレのドアに一番近い曲がり角に背中をくっつけていた。トイレに入ってしまうと不利だと僕は思っていた。そうなればそこはいわば密室だ。君はフリーになってしまう。僕は悩んだ。トイレの中にまで押しかけるつもりはなかった。さっきのクスノセとの一件もあったし、僕はできるだけ上品に作業を遂行したいと思っていたのだ。内心ではどこまでも君について行きたかったのだが、はやる心を抑えるために背中を壁に押し付けて我慢した。君はドアを押す格好のまま静止していて、いつまでたっても動く様子はなかった。僕はハンカチで額を押さえて止血している格好をずっとしたまま動かなかった。いつまでたっても何の変化もないので、壁づたいにゆっくり近づいてみると、タノウエの顔が現れた。君はタノウエとしゃべっていたのだった。タノウエはいつの間にか先回りしていたのだ。よりによってタノウエだ。だが君はすごくうれしそうな顔をしていた。会話の内容は聞き取れない。笑ったり頭を掻いてみたりしている。恋人同士に見えなくもない。告白の場面に見えなくもない。そのうちに君の顔は真っ赤に染まってしまった。それが男子トイレの前というのはなかなか滑稽な眺めだ。

会話が行き詰まると、君は壁に両手をついて、タノウエをその両腕の中に閉じ込めた。僕は一瞬、目を疑った。何をやり始めようというんだ。君はその格好をしたものの、それ以上動けないでいる。タノウエは湿って黒ずんだ足跡の残っているタイルを見ている。そして自分の足を君の足首にからませようとしている。タノウエの手が君の背中にまわりかけたところで、ようやく僕はわかった。タノウエに君は誘導されていたんだ。どんな台詞を囁かれていたのかわからないが君はその言葉のとおりに体を動かしていたのだ。僕は舌打ちをした。タノウエが君の肩越しにこちらを見つめていた。舌打ちが聞こえたのかと思って、僕はドキッとした。だが実際は通りかかったエズキ先生を見ていたのだった。タノウエは露骨に驚いた顔をしていた。演技だ、と思ったほどだ。そもそもエズキ先生が君とタノウエに気づかないでその前を素通りするというのも演技以外に考えられない。彼女たちは二人とも君を罠にかけようとしているからだ。いや二人ではなかった。エズキ先生の後ろには、二、三歩遅れて、クスノセが歩いていた。やはり君とタノウエには目もくれなかった。後をつけているのだ。後をつけているという演技なのかもしれない。タノウエは君が興奮してうわの空でいる間に君の腕の下をくぐり抜けて、エズキ先生の後をつけているクスノセの後をつけ始めた。君はその姿勢のままで紙を壁に押し付けてシャープペンシルを小刻みに動かし始めた。僕はエズキ先生の後をつけているクスノセの後をつけているタノウエの後をつけようとして二、三歩進めた足をとめた。君は今日もまた僕への手紙を書いているのだった。それはまったく役に立たない言葉の連なりにすぎない。ねらわれているのは君だからだ。僕はうっすらと涙を溜めてみた。君の手紙を受け取っても、僕はきっと、涙で読むことができないだろう。

僕が涙を流している隙をついて、君はトイレのドアに手をかけた。我慢の限界だったのだ。僕は本当は上品ぶっているべきではなかった。僕は君の後に続いてその男子トイレに入るべきだった。

君はトイレの中での奇妙な会話について記憶しているはずだ。いや会話とは呼べないかもしれない。君は何も言わなかったのだから。その声は個室から聞こえてきていた。つまり「大」のほうだ。個室は三つ縦に並んでいて窓側のドアが閉まっていた。聞き覚えのない声だった。まだ声変わりもしていないようだ。ポケットの中の手紙をこっちによこせと言う。よこさないとひどい目に合うとその声は付け足した。いらだちの表現として時折水を流す音が聞こえた。手紙のことに触れていたので、個室の中にいるのが正体不明の連中のうちの一人だということは君にも見当がついていたと思う。だが君は何も言わなかった。それより先にすることがあったからだ。君はドア側の個室に入った。すると入れちがいに相手は個室から出たようだった。ドアのすぐ近くで君を脅す文句が続いた。お陰でドアに耳をつけていた僕にその台詞はよく聞こえるようになった。僕にも聞き覚えのない声だった。ライターで火をつけ煙を吐く音が聞こえた。そしてまた下品で乱暴な台詞が続いた。自分は不良男子生徒なのだと知らせているみたいだ。

その不良男子生徒はどうやらトイレの中に入ったのは君ではなくて僕だと勘違いしている様子だった。しきりに僕の名前を叫んでいた。それとも廊下にいる僕に気づいていたのか。君はそれどころではなかった。トイレットペーパーがなかったからだ。その不良男子生徒のしわざだ。予備も抜き取られていた。すると個室の中の君の様子を透視しているかのようにまた声が聞こえてきた。トイレットペーパーをその封筒の中身と交換してやるという。君に迷いは全然なかった。僕あての手紙の入った封筒をドアの外に投げた。すぐに封筒から出すガサガサという音がした。続いて舌打ちが聞こえた。唾をタイル敷きの床の上に吐き、細かく切り裂き、もう一度個室の水が流された。そして窓を開ける音が聞こえたのだった。

その不良男子生徒が本当に「生徒」だったのかどうかはわからない。トイレの中での一部始終は僕の推測だ。だが君を脅す乱暴な台詞や下品な台詞の数々はずっと廊下に漏れ聞こえていたし、その後すぐにトイレの中に入って、窓側の個室の便器の周りに細かくちぎられて落ちていたピンク色の封筒やピンク色の便箋、また床の上にこすりつけられた煙草の吸い殻や唾の跡などから、大体の見当をつけることができた。君がますます不利な立場に置かれることになったのはまちがいない。しかしとりあえずこのとき、僕にできることはトイレットペーパーを君の個室の中に放り投げてやることくらいだった。

　このままのんびりとはしていられなかった。急激に腹が痛くなったのだ。僕はあわてて半開きになっている用具入れの中からトイレットペーパーをもうひとつ取り出して真ん中の個室に飛び込んで鍵をかけた。ひどい下痢だった。持参していた弁当の中に何か仕込まれていたにちがいない。僕は早弁していたのだ。僕はそのことを個室の中でしゃがみながら後悔していた。すると、男子生徒数人がトイレの中に入ってきて、急に騒がしくなった。案の定、個室がふさがっていることにすぐに気がつき、下品な台詞を投げかけ始めた。さっきの不良生徒の声はなかった。ドアが激しく蹴られた。こういうからかいに僕は慣れているので平気だ。君のことが心配だった。下品な台詞はいつまでも続いた。だが奇妙だ。不良男子生徒たちは「三つともふさがっているぜ」「ウンコさせてくれよ」「もれる」などと言っていた。窓側の一つは空いているはずだった。窓側の個室のドアが蹴られた。すると苛立ったように数回、水が流された。誰かが入っている？　上を見上げると力を込めた指がドアをつかんでいた。個室の囲いは天井まで届いてはいないので、ジャンプすればよじ登ることもできるのだった。こういうことにだって僕は慣れているから平気だ。覗かれたことだって何度もある。その指は君の肩をつかもうとしていた指を思い起こさせた。指先は真っ赤だった。昼休み終了のチャイムが鳴った。肝心の用をまだ足していなかったらしく、ドアをゆさぶっただけで十本の指は消えた。不良男子生徒たちはトイレを出て行った。

　手を洗って軽く水を切って、ハンカチを出そうとするとポケットの中にハンカチはなく、かわりに紙切れが入っていた。濡れたミミの手で四つ折りにされたそれを開くと「ろうかにでるな」と走り書きがしてある。紙切れにメッセージを書いたのも、それを四つに折り畳んで僕のポケットに入れたのも君のしわざだ。君は四つ折りにするのがクセなのか？　僕がその言葉に従えば危険を回避することができるというメッセージだった。僕が下痢でトイレにくることを予測していたのはさすがだ。あるいは君が下剤を仕込んだのか？

　男子トイレの中にいればいいというのは女子からねらわれているということを示しているのだろう。いままでかかわった女子といえばクスノセとセキタとタノウエとエズキ先生だ。君はまだ僕がねらわれていると思っているのだった。守る必要のない僕を守ろうとしてくれているのだ。僕は、君の見当ちがいの行為にまた悲しい気持ちになって、君の入っているドア側の個室を振り返った。個室のドアは開いていた。君は中にいなかった。窓側の個室だけが閉まっていた。不良生徒の真似をして僕はジャンプしてその個室の中を上から覗き込んだ。しゃがんで不安そうな顔をしたタジマと目が合った。「トトトイレットペーパーを」とタジマはかすれた声で言った。とうとう君は連れ去られてしまったのだと思った。いつ油断してしまったのかはわからなかった。僕は覚悟をした。だが冷静になってみると君がいないのは当たり前だ。さっきチャイムが鳴って、いまは五時間目の授業が始まっているのだ。だから君はトイレの中にいなくて当然だ。不良男子生徒とともに、教室に戻ったのだ。そう考えるのが自然だ。そういう僕こそ、いつまでもここにいるのは不自然だ。僕は静まり返った廊下を教室に向かった。

僕は楽観視し過ぎていた。教室に戻って席に着いてみても、君の姿はどこにも見当たらなかった。斜め前に見えるはずの君の姿はなかった。クスノセとタノウエの席も空席だった。細長い黒板の表面には数字や記号がまんべんなく飛び散っていて、さまざまな証明を展開していた。ふだんはしたこともない貧乏ゆすりがとまらなかった。顔色も悪かったようだ。教師がそれを目にとめて、気分が悪いなら保健室に行きなさいと言った。僕が椅子を力なく引いて立ち上がるとセキタも立ち上がった。僕と一緒に保健室へ行くつもりなのだ。

少し伸びた爪をオレンジ色に塗った手に引かれて廊下を歩いた。気分は悪かったが「エズキ先生は外出中じゃないのか」と僕は聞いてみた。「どうしてさ」と不思議そうに聞き返してくるので、「昼休みに行ってみたんだ」と答えた。「そのとき、いなかったから」「でもさっき、あんた、エズキ先生が横切るところを見たんじゃないの、トイレの前で」確かにセキタの言うとおりだったが、しかし、ということは、セキタはそのエズキ先生の後ろをクスノセがつけクスノセの後ろをクスノワニがつけ始めその後ろを僕がつけようとしていたところを見ていたのだ。「よく知っているな」ハンカチを取り出そうとしたポケットの中の手は四つ折りにした紙をつかんだだけだった。「あんたのことを探していたんだから」「僕のことを？」「そうさ」セキタはそう言ってから握っていた手を離した。「でもすぐトイレに入っちゃうし、しかもなかなか出てこないんだから。だから、結局チャイムが鳴って声をかけれなかった」僕を探していた理由を聞こうとしたところで、保健室の前に着いてしまった。

保健室の中にいる男子生徒たちの中に一人として顔見知りはいなかった。灰色でクルクルと回転するエズキ先生の椅子にも大きな机の上にもパイプ椅子にもベッドの縁にも割れたままの窓の縁の部分にも、座れそうなところには隙間なく座っていた。当然、座っている者より立っている者のほうが多かった。不気味だったのは、全員が体の正面を僕のほうに向けていたことだ。全員が僕を見ていた。視線に耐えられず後ろを振り返っても、セキタの姿はすでになかった。一列に並んだ蛍光灯が鈍く反射する昼間の廊下を照らしているだけだった。僕は保健室の中に視線を戻した。視野の中にはまんべんなく真っ黒な制服を着た男子生徒がいる。正体不明の連中が、僕や君と同じ学校の制服を着た生徒だということはわかった。だが、彼らが誰なのかは依然としてわからなかった。姿を正面から見ることができて、現に目の前にしていても、正体不明であることに変わりはないのだった。「もう穏便な手段を取るのはやめにしましたよ」男子の中の一人が言った。聞き覚えのある声だった。トイレの中で乱暴な口調で君に話しかけていた声だ。どの顔が言ったのかはわからなかった。「もう、罠はない。事前に防ぐこともできない」別の男子が言った。声変わりの途中の聞きづらい声だ。「もちろん、諦めたわけではありませんよ」保健室の中の全員が笑った。「ここにこうして集まっているのは、君の顔を覚えるためですよ。そして、君に顔を覚えてもらうためですよ。われわれの邪魔をし続ける限り、君の視野の中に、この中の誰かが入ることになるから」別の声がした。「よろしくね」また全員が笑った。そして僕を見つめながら、君の名前を付け足した。

すでに授業もだいぶ前に終了して教室の中には誰もいない。僕はまださっきと同じようにベランダに出たままこの君への手紙を書いている途中だ。結局僕は保健室に行ったままで、この教室には戻ってきていないことになっている。君と同じだ。だが本当はあの後すぐ引き返してきたのだった。そしてこのベランダに身を隠しているのだ。それにしても、僕がまだ見つからずにいるというのに不思議だ。人がいないのだから見つからないのは当たり前だ。あたりが静まり返っているのも当たり前のことだ。僕の足元にはコンパスが落ちている。僕の額を突き刺したコンパスだ。じつは授業の続いていたときまで、窓で隔てられたこのベランダにいてこうやって君を守るための手紙を書きながら僕は、ホットな気分になっていたのだ。なぜかというと、つまりこういうことだ。教室ではいつもどおりの授業をしている。ベランダの下の中庭の花壇は校長先生の手入れによって色とりどりの花が咲き乱れている。どちらも平和な光景だ。しかし、どちらも君を守ることはできない。このベランダだけが緊張状態にあるのだ。そしてこの手紙だけが、両隣の現実とは別に、君の役に立つのだ。といった勇ましい内容を書いていたら風で飛ばされてしまったのだった。僕は冒頭から手紙を書き直さなくてはならない羽目になった。

あの後も、見知らぬ男子生徒たちはしゃべり続け、僕に話しかけ続けたのだった。「ねえ、君」「ねえ、君」「ねえねえ」「ねえってば」という具合に。僕は黙っていた。彼らの口の中からは乱暴な台詞も下品な台詞も聞こえてこなかった。それらは周到に省かれていた。しかもある時点から話は君のことからそれていき、「今日はテレビ何見る」とか「今日の地理のテストは楽勝だったね」といったじつに陳腐な、無関係と思える内容になっていた。僕はわかっていた。彼らは僕をここに、ある時間まで引き留めておこうとしていたのだ。そして予定の時間になったので、こうやって無関係な台詞を並べてみせ、今度は逆に罠だったということをわざと示そうとしているのだ。罠に気づいた僕は保健室を出ることになるだろう。君の行方を探すだろう。またしても廊下をヨロヨロと歩き続けるはずだ。それこそが罠なのだ。僕はそう思った。僕は保健室にそのままい続けた。彼らがタイミングを計算しているなら、そのタイミングをズラす必要があるからだ。見知らぬ男子生徒たちは話に詰まり始めた。僕は無視した。僕からむしろ積極的に話し始めた。数分とたたないうちにズレの影響が出てくるはずだ。

ドアが開いた。クスノセが怒りながら入ってきた。「ちょっとどうなってんの。まちっぱなしにさせて」そして僕を見るとびっくりした様子だった。しばらくして、またドアが開いた。セキタだった。クスノセを見ると「アッ」と言った。そして彼らと僕の顔を不思議そうに交互に見ていた。ドアを開けたタノウエはオレンジ色のジャージの上下という格好で立ちすくんでいた。そのタノウエとドアの間から、白衣姿の背中が廊下を走って行くのが見えた。

この手紙を書き終わろうとしているいま、僕はとうとう身動きが取れなくなった。鍵がかけられていたのだ。あの正体不明の男子生徒たちのしわざなのかは断定できない。いつもの戸締まりにすぎないのかもしれない。日も落ちて、自分の書いた文字すら読むことができない。灯りはずっと下を照らしている。明日の朝までこうしている覚悟はある。大丈夫だ。登校してきた君にこの手紙が渡れば間に合うのだ。ジャージのポケットの中に入ったこの手紙を君が読み出すのは一時間目の授業中だ。授業中にはすべてを読むことは不可能だ。なぜなら一時間目は体育だからだ。次の休み時間も読んでいるはずだ。ここまで読んだ君になら僕の言おうとしていることがわかるだろう。この手紙の長さの理由がわかるだろう。この手紙を読んでいる間、君はその時間の分だけ、その日の、いつもの君の行動から遅れているのだ。その時間はただこれを読んでいた時間だ。そして読んでいた時間だけ、遅れた分だけ、予測され仕掛けられた罠を、ズラし、使いものにできなくするのだ。読み終えて、その遅れた時間をどう有効に利用するかは君次第だ。僕の書いたものが現実の君の行動に有効に機能するのはいまのところこれくらいだ。そう、手紙が風によって飛ばされるのでないならば。

アクロバット前夜

　これまで、「X君」というのは私のことだとばかり思っていた。だが「X君」は今日「掃除道具の後片付けをするために理科室を出た」リッチャンの「横から」飛び出し、「今度ボクとデートしないか！」と「いきなり誘ってきた」というのだ。「X君のこういう意外に派手な行動」をリッチャンは「予想していなかった」ので少なからず驚いたが、「こういうのって私、嫌いじゃない」から「手伝ってくれたらいいよ」と「勢いで」言った。しかしその直後、「X君」は急にモジモジやりだした。リッチャンが顔を近づけると、いきなりバケツを乱暴に奪い取った。そして、汚水を撒き散らしながら走って行ってしまった。「照れてるのか？」。リッチャンは「その後、部室に顔を出して、台本を受け取ってから帰宅。ＰＭ４時」。結局、何回ページをめくっても、私の行動は『マイ・ダイアリー』のどこにも見当たらないのだった。私の〈階段落ち〉についてはまったく触れられずじまいであった。

　今まで何度も『マイ・ダイアリー』に登場してきた「X君」が私ではないと判明した以上、その「X君」の存在も無視できなくなったわけである。このままではヤッカイなことになりそうである。やはり私は慎重に対策を練って、事実を確認しなければなるまい。しかし、当然のことながら、今ここで、というわけにはいかない。別の場所で行うのがふさわしいと思う。そう、リッチャンの寝息の聞こえない場所で。私はページを押さえていた指を離した。表紙に軽くキッスをしたら、今日に限って意外に大きな音が出てしまった。ビニールのカバーがしてあったのだ。リッチャンの片足がベッドからはみ出していた。私はそっと机の引き出しの中に『マイ・ダイアリー』をしまった。針金で鍵をかけ直した後、ひとまずリッチャンの家から退散した。

そろそろ私は思い切った行動に出る必要があると思う。とりあえず、明日のうちにやっておくべき作業がいくつかある。まず、「X君」は誰なのか、確認することだ。それから、リッチャンが本当に「X君」と「デート」をするのかどうかも、確認しなければならないだろう。それによって、今後の私の行動が決定するからである。「X君」はもう一度、リッチャンの前に姿を現すと思う。私はベッドの中で寝返りをうった。大量のアブラアセが私の顔面を覆い始めていた。

〈二日前〉

この日の『マイ・ダイアリー』に「遅刻して来たZ君」として登場する人物がど

うやら私であるようだ。

　この日、パパの授業に遅刻したのは私だけだったし（後で出席簿をチェックした）、その行動も私以外にはあり得ないものであった。私は、私がやっと登場したことにホッと胸をなでおろした。『マイ・ダイアリー』にはさらに「Z君は松葉杖をついていて、包帯が痛々しかった。どうしたのかしら」と言いてあった。これは〈階段落ち〉をリッチャンがまるっきり見ていなかったことを意味しているのだろう。きっと何らかの都合で階段の前を横切らなかったのだと思う。私の計算がハズレただけで、意図的に省略されていたわけではなかったのである。

「松葉杖」は昨日病院で渡されたものだ。〈階段落ち〉は予想以上のダメージを私に与えていた。以後、私は松葉杖を使ってタドタドしく歩かなければならなくなったのである。当然のことながら『マイ・ダイアリー』を読む作業も困難になった。

　私の席は廊下側の後ろから二番目である。リッチャンは私のすぐ隣の席なのに、一言も声をかけてくれなかった。声？　そもそも私に声をかけてくれるクラスメイトなんて、最初から一人もいやしないのだった。いや、だからといって、私をケアしてくれた人が皆無だったというわけではない。たとえ無言であっても、着席しようとする私の松葉杖を持ち、私に肩を貸してくれた人物はいたのである。信じてもらえないかもしれないが、これは事実である。彼らがいなければ、私はうまく着席できず、尻モチをついていたはずだ。ともかく、リッチャンは落とした消しゴムを拾う時に、チラッと私の顔を見ただけだった。この時に「Z君は松葉杖をついていて、包帯が痛々しかった。どうしたのかしら」という感想を抱いたのだと思う。

授業中だから当然、いつものように、クラスメイトたちの落ちつきのない細かな動作が幾重にも重なって、私の視野を埋め尽くしていた。その中でもとくに、キー坊がシャーペンのオシリでチャコの背中をつついている窓際の様子を私は目の端で捉えたのだった。複数の台詞がすでに教室のあちこちで飛びかっていたにもかかわらず、彼女たち二人の台詞だけがハッキリと聞き取れたのは、おそらく、私のことが話題になっていたからだと思う。「チャコ、チャコ」「んもう、つつかないで」「今度の芝居は芝居じゃないわ」「お芝居だわよ」「台本読んでみればわかるわ」「貴方を愛することがわたくしの運命なのです！」「あら、もう覚えちゃったの」「うふふ、ステキねえ」「ちっともステキじゃないわ。あたしたち、ケンチャンに利用されてんのよ」「どういうこと？」「これは大がかりな芝居なのよ」「だから、お芝居なんでしょ」「芝居なんかじゃないわ」「お芝居じゃない？」「あの包帯を取ったってかすりキズすらしてないんだから」「それはお芝居だからでしょう」「ほらこっち見てる」。キー坊が言っている「ケンチャン」という人物とは私のことだ。だが私の名前は「ケンチャン」ではない。「チャコ」というのは本名をモジったものだから、そう呼ばれても不自然ではないはずである。実際に家でも「チャコ」と呼ばれているという。連絡網でチャコの前の奴がそう言っていたのを耳にしたことがある。私の名前は「ケンチャン」とは似ても似つかないのに、そう呼ばれているのである。それに、キー坊の右の発言はまったくのデタラメである。私は確かに階段から落ちた。今、この包帯をサッと取ってみせれば、誰もが悲鳴をあげるだろう。実に目もあてられない状態だからである。いや、あまりにスゴすぎるので、あるいは階段から落ちただけには見えないかもしれない。だからあんな勝手な発言ができるのかもしれない。ともかく、すぐにでもキー坊の口をふさぎたいのだが、私は彼女たちから遠く離れて座っているため、それは不可能である。まったくお手あげだ。その時、私は本当に手をあげてしまっていたので「何か質問があるのかい」とパパに言われてしまった。窓際を見るとキー坊はいつのまにか口を閉じていた。

『マイ・ダイアリー』によると、「忘れ物」を取りに「音楽室へ引き返す途中」で

「X君」はまたしても「いきなり」現れたようである。リッチャンは、突然「正面にX君が現われたのでビックリした」と書いている。「あさっての日曜日で、OK？」と言いながら「X君」は接近し、「筆箱」をリッチャンに手渡した。

私が登校する前に、リッチャンと「X君」との接触はすでに行なわれていたのだ。私はショックだったが、冷静に事実を受け止めるよう努めた。大切なのは、余計な空想を入れず、『マイ・ダイアリー』の記述に従うことだからである。私はミニマグライトAAを右手に持ち替え、ふるえる左手でページをめくった。

「松葉杖をついて」「遅刻して来たZ君」が「放課後」に「クラスメートからだけでなく」「先生」にも「からかわれている」姿を見ているのは「とても耐えられないものだった」。

要約すると右のようなことが書いてあったのだった。いきなり場面は「放課後」になってしまい、前のページと連続していないのである。どうやら数ページ分が抜け落ちてしまっているようだ。それにしても、私がクラスメイトやパパから「からかわれている」というのはまったく事実に反する内容だった。書き間違い？　だとしたら訂正する必要がある。

私は針金、ミニマグライトAA、縄バシゴとともに七つ道具の一つである修正ペンを胸ポケットから取り出した。だが、ひとふり、という姿勢のままで、動けなくなってしまったのである。重大な過ちに気がついたのだ。この修正ペンを正しく使用するには激しく振らなければならないのだった。そんなことをしたら、すぐ横のベッドで眠っているリッチャンは完全に目を覚ましてしまうだろう。私は音をたてずにため息を漏らし、修正ペンを胸ポケットに戻した。そして応急処置としで、楽ボ（リッチャンが『マイ・ダイアリー』を書く際に使っているのと同じボールペン）でゴシゴシと黒く塗り潰しておいた。

ページをめくっても、後は白紙だった。結局「X君」の誘いに「OK」したのかどうか、ハッキリしないのだった。果たして約束は成立したのか、どうか。まあ「あさっての日曜日」という具体的な日付がわかっているだけでもマシだとしよう。日曜日？　私は目を疑った。「日曜日」をまるまる二人で過ごそうというのか？　私はアクビをこらえきれなくなり、あわてて両手で口をふさいだ。押さえていた『マイ・ダイアリー』のページが自然に閉じた。

〈前日〉

新学期が始まってまだ二カ月も経っていないのに、また席替えが実施されたのは、昨日はそんな話は一言も出なかったから、パパの気まぐれというか、要するに始業式直後の席決めの結果に不服だったパパが私を教壇に近づけたくてガマンができなかったんだろうが、私にとってはまったく最悪であった。それに、結果的に教壇の近くにはならなかったのである。私は廊下側の一番後ろになった。わずかに一つ、後ろにズレただけである。パパの思惑は見事にハズレたわけだ。

あるいはリッチャンから私を引き離すことにこそ、パパの思惑があったのだろうか？　パパはシット深いから。私のすぐ前にチャコ、私の隣にキー坊という位置関係も、だとしたら、十分に納得できる。なるほど、最初からクジに細工を施していたという推測は、あながち突飛なものとはいえないと思う。

私はすぐさまノートに大きく七本のタテ線を引いた。その上に重ねてヨコ線を六本引いた。そうやってできあがった三〇個のマス目の中に次々と名前を書き込んでいった。つまり私は座席表を作ったわけである。座席表が完成すると、私はそれを穴があくほどジックリ見つめた。私の名前の書かれたマス目とちょうど対角線で結ばれた位置にリッチャンのマス目がある。その二つのマス目から矢印をのばしたり、角度を記入したりして誰が「X君」なのかを割り出そうとした。もしパパが「X君」

の存在を知っているのなら、迷わずリッチャンの席の近くに配置するだろうと思ったのである。消しゴムで消しては書き、書いては消す、という行為を繰り返したので、とうとうノートには本当に穴があいてしまったほどだ。結局、私は途中でその書き込みをやめた。検討するにはあまりにも材料が少なすぎたからである。それに、何も「X君」がこのクラスにいるとは限らないのだ。

私はフト気になってノートから視線を上げ、左斜め前方に目をやった。窓際のリッチャンは窓の外を眺めていた。リッチャンのホクロ一つない首筋のラインはこの位置からでもハッキリと見ることができた。リッチャンの着ているブラウスは襟がタップリと開くようになっていて、チラッと見ただけでもバツグンに開放的である。キラキラと輝いて見える。まさかラメ入りだとは思えないが、他の大多数の女子のものとはかなり素材も形も違っていた。それが衣替えによって一際目立つようになり、昨日のホームルームの時、しつこくパパに注意されていたのである。今日も着てきているということは、本人に変更の意志はないようだ。パパは教科書の背を手のひらで軽くたたきながら、眉間にシワを寄せて、机の列と列との間をゆっくり歩いている。ことさら女子の方は見ないようにしているようである。衣替えになってから、さぞかし居心地が悪くなっただろうと思う。

実際、半袖のブラウスから覗いている細長い腕はツルツルでメマイがするほどである。リッチャンは下アゴをやや前方に突き出して口から勢いよく息を吐き出した。前髪が軽く上がった。四、五本、額からこめかみにかけてピッタリと張り付いていた。リッチャンはハンカチで額の汗を拭った。それから下敷きでパタパタと扇ぎ始めた。肘があたりそうになったので私はあわてて腰を引いたのだが、その時腰を壁に強く打ち付けてしまった。オマケに自分の肘を窓ガラスにぶつけた。リッチャンが左利きなのをつい忘れてしまっていたのである。大きな音が教室中に響いた。うずくまる瞬間、リッチャンの頭越しにキー坊の顔がハッキリと見えた。私をジッと見つめていた。あわてて目をそらしたら、いきなり、パパに「おまえ授業中なんだから勝手に立ち歩くな」と言われてしまったのだった。

その日の夜、忍び込んでまず私がしたのは、昨日の黒く塗り潰した箇所に修正テープを貼り、書き直すという作業である。その後で『マイ・ダイアリー』の今日の日付のページを開いた。学校の中では「X君」らしき人物との接触はなかったが、帰宅後に電話があったかもしれないと思ったのである。案の定、帰宅後すぐ「待ち受けていた」ように「X君」からの連絡があった。それが「携帯電話」でなされていた事実に私は軽いショックを受けた。いつのまに「X君」は番号を知ったのだろう？　「わんにゃんふれあい広場」などという箇所を読み始めてすぐ、左のページに目が行ってしまったのは、気になる文字が書き記してあったからである。「Z君」は「今日もからかいの対象だった」とそこには書いてあった。まったく身に覚えのないことである。それとも気がついていないだけで、実は巧妙な手段で私は何かされていたのだろうか？　背中にネバネバするものがくっつけてあったり、変な写真が出回っていたり、火が使われていたりしたのだろうか？　だが事態はそれどころではなかったのである。今日の午後「Z君は救急車で運ばれて入院した」というのだ。「重体」だそうである。こうなったらもはや「Z君」は私ではないのは確かだが、だとしたら「Z君」とは誰なのだろうか。私はポケットからノートの切れはしを取り出した。今日作った座席表である。「Z君」が「救急車で運ばれ」れば当然、そこに空席が生じるはずである。私は注意深く座席表に視線を落とした。マス目の中には空白は見つからなかった。ということは、誰一人として早退しなかったということだ。いや、安易にそう断定するのは危険かもしれない。よく読むと、「私のクラスで」とはどこにも書いていないのである。つまり、「X君」と同様に「Z君」もまた、私のクラスにいるとは限らないのだ。もしこれが事実だとすれば、それはそれで見逃すことはできない問題である。同じクラスでもない生徒を、どうしてわざわざ記録に残すのかという新たな疑問が生じるからである。私は『マイ・ダイアリー』を読みながらすっかりコウフンしてしまった。リッチャンも書いているうちにコウフンしたのだろう、だんだん文字が乱れてきて読みづらくなった。それに「祈りをZ君に捧げるために」という添え書き（題名かもしれない）とともに、奇妙なイラストが左側の一ページを真っ黒く埋め尽くしているのである。リッチャンはこれまでもたびたび『マイ・ダイアリー』の余白に自筆のイラストを描いてきた。だがそれはバーン＝ジョーンズ風の美少女がほとんどで、こんな奇妙なのは初めてだ。もはや人間というか……私はミニマグライトＡＡを使うのをやめ、リッチャンが起きないように注意しながら、デスクライトをつけた。持参していた生徒手帳にイラストを模写するためである。その瞬間に「誰？」と言われ、思わずそれに答えようとして振り向いた私の目は血走っていたと思う。リッチャンは布団を被ってこちらを見ていた。私はあわててライトをオフにしたがすでに遅かった。この時、リッチャンにハッキリと顔を見られ、名前を続けて二回も呼ばれてしまったのである。

〈当日〉

今夜もまた、七つ道具を使ってリッチャンの部屋に忍び込んだ。昨日の失敗にも懲りずに来てしまったのは、やはり、今日の「デート」が気になっていたからである。「もしかしたら、最初から二人はびわ湖タワーになど行ってないのではないか」という疑問がずっと私の頭を離れなかった。

「X君」とリッチャンとの「デート」の場所が「びわ湖タワー」であることは、『マイ・ダイアリー』に記されていた「わんにゃんふれあい広場」という文字から判断できた。したがって場所を間違えるはずはなかったのである。待ち合わせの時間はわからなかったため、開場時間（日曜祝日は午前九時）のかなり前から近くの電柱の陰でスタンバイしていた。松葉杖を固定すると、私はさっそくタスコのインフォーカスF－1を胸ポケットから取り出した。倍率は7倍だが手のひらサイズで、怪しまれる心配はない。もちろん、この双眼鏡も七つ道具のうちの一つである。私はひたすら観察を続けた。トイレにも行かなかった。行きたかったのだがガマンしたのである。したがって見逃すはずはなかったのである。インフォーカスF－1が私の近くに引き寄せたのは家族連れや黄色い帽子を被った幼稚園児の団体、それに大人のカップルなどであった。円形の視野の中に入ったのはそれだけで、気づいたら午後七時（閉場時間）を過ぎていた。ヒョウシヌケするほど実にあっけなく、当日は過ぎ去ってしまったのだった。リッチャンの姿も「X君」の姿もなかった。カップルの何組かが私の横を通り過ぎた。「あのおにいちゃん、まだいる」と帰りがけに小学生らしい女の子が言った。私はあきらめてJR堅田駅へ向かった。今日一日、二人はどこにいたのだろうか。どこで、何をしていたのだろうか。私のいないところで！　さまざまな空想が頭をよぎり始めると、ジッとしていられず、その足でリッチャンの家に向かったというわけである。

いつもより早かったせいか、リッチャンはまだ眠っていなかった。ベッドで本を読みながらCDを聴いていた。私はあやまっていつもより大きな音をたててしまったのだが、ヘッドホンのおかげでまったく気づかれなかった。ベッドの上にパジャマが置いてあるところから判断すると、リッチャンはおそらくおフロの順番を待っているのだろう。今、家族の誰か（母親か弟のどちらか）が入っているのだ。不思議なことにパジャマは二人分が並べて畳んであった。向かって右にあるのは木の枝に腰かけて本を読んでいる子熊を後ろから覗いているキリンの絵が描いてあるパジャマで、左側にあるのは菜の花畑がプリントされたパジャマだった。私にはどちらのパジャマも初めて見るものだった。だがニオイを嗅いだりしている時間などないのだった。私はテキパキと行動しなければならないのである。

私は引き出しの鍵穴に針金を差し込み、右に二度回転させた。そして『マイ・ダイアリー』を取り出そうと慎重に引き出しを引き出した。作業に没頭していた私は、リッチャンが立ち上がったことにまったく気づかなかった。振り向くと、リッチャンは私のすぐ後ろにいた。窓の外へ逃れる余裕などなかったので、やむを得ず、私は机の下に隠れた。

リッチャンは机に近寄ると車輪付きのイスを引いて座った。そして、引き出したままの引き出しを元に戻して、机の上で何やら書き始めた。宿題？　いや、宿題は昨日のうちに終わっているから、『マイ・ダイアリー』をつけているのだろうか。その可能性が一番高いが、机の下でヒザを抱えている私に机の上の様子などわかるはずがなかった。それに、こんなことを考えている場合ではないのだ。私が考えるべきなのは、ここからどうやって脱出するかということである。せめて居眠りでもしてくれたら、ここから抜け出せるのに！　私の脇腹にリッチャンの足があたっていた。さっきからくすぐったくて仕方がなかったのは、そのためだったのである。

アアッ、と小さく声を漏らしてしまったほどだ。

その時、イスの車輪が動いた。リッチャンが机から離れたのだった。返事をしたところから察すると、母親に階下から呼ばれたのだろう。部屋のドアが閉まる音がして、階段をトントントンと降りる音がした後、ようやく私は机の下から這い出した。机の上の『マイ・ダイアリー』には、樺島勝一タッチのペン画が描いてあるだけで、まだ今日の出来事は記されていなかった。書いてないんなら探りようがない。仕方がない、また明日にするか、私はそう思い、窓を開け縄バシゴを投げた。ベッドの上のパジャマがなくなっていることに、私は気がつかなかった。

〈前日〉

同じ日の晩にもう一度、私はリッチャンの部屋を訪れた。今日の「デート」が実現したのかどうか、どうしても気になって仕方がなかったからである。暗闇の中、寝息が聞こえていた。私はミニマグライトAAのスイッチを押した。私の手首だけが真っ暗闇の空間にポカンと浮かび上がった。まるで手品のように思えた。針金を握ったその手が引き出しから『マイ・ダイアリー』を取り出した。ページをめくると、さっき見た時には書いてなかった今日の出来事がビッシリ書き込んであるのだった。それもまた手品を見ているような気分にさせた。だが読み進むにつれて、そんな気分は吹っ飛んでしまった。私は恐るべき事実を知ったのである。

『マイ・ダイアリー』には「X君」の「パジャマ姿」が「かわいい♥」と書いてあった。「X君」の「パジャマ姿」？　私は一瞬、自らの目を疑った。だがすぐに、二人分用意されていたパジャマのことを思い出した。あの、木の枝に腰かけて本を読んでいる子熊を後ろから覗いているキリンの絵が描いてあるパジャマと、菜の花畑がプリントされたパジャマのことである。そのパジャマのどちらか一方が「X君」のパジャマだったというわけだ。私は即座に、知っている限りの男子の顔を思い浮かべ、彼らに次々と木の枝に腰かけて本を読んでいる子熊を後ろから覗いているキリンの絵が描いてあるパジャマを着せていった。ひと通り終えると、今度は菜の花畑がプリントされたパジャマを着せていった。結局、「かわいい♥」と思える人物は見当たらなかった、私を除いては。いや、そんなことはどうでもいいのだ。重要なのは、「かわいい♥」ことではなくて「X君」が「パジャマ姿」だということの方である。

そう、「X君」が「パジャマ姿」なのは、リッチャンの家に「お泊まり」しているからである。『マイ・ダイアリー』によると、リッチャンは朝早く「X君」に「携帯」電話をかけた。「体の不調を訴え」るためである。おそらく昨夜の副作用だと思う。したがってたいしたことはないはずである。実際、リッチャンは「たいしたことはない」と言った。それで「X君」がリッチャンの家に「遊びに来ることになった」というわけである。私は舌打ちした。私はその頃、何も知らずに、びわ湖タワーの正面ゲートの様子を双眼鏡で熱心に観察していたのだ。二人がこの部屋で並んで座っている同じ時間に、私はいるはずのない二人の姿を探していたのである。この寝息は、だとすると、「X君」の寝息なのだろうか？　寝息の識別に気を取られていた私はミニマグライトAAを机の上に落としてしまった。ミニマグライトAAはすぐにフローリングの床の上に落ち、まるでここが急な傾斜であるかのように勢いよく転がっていった。手を伸ばしたが間に合わず、ベッドの下に入ってしまった。いきなり暗闇が周囲を満たした。私はベッドの下から手を抜き取った。デスクライトをつける気にはなれなかった。本当はつけてみたんだが、つかなかったのである。プラグがはずされていたのだと思う。あるいは私は、わざとミニマグライトAAを落としたのかもしれなかった。私はこの時点ですでに『マイ・ダイアリー』に書かれた事実に圧倒されており（「X君」がリッチャンの「部屋の中」にいる、「お泊まり」している、ｅｔｃ）、すぐ近くにあるはずの、現実のベッドの様子をこの目で確認する勇気をどうしても持てなかったのである。「X君」が誰であるのか、やっとわかるというのに。

いきなり悲鳴が聞こえた。まちがいなくリッチャンの悲鳴だった。私は身構えた。そして、目を凝らした。暗闇から「イッターイ」というすごく痛そうな声が何度も繰り返された。「X君」は無言だった。私は気が気ではなかった。さっそく胸ポケットからよりサイズの小さいミニマグライトAAAを取り出した。だが興奮していたためになかなかスイッチをオンにできなかった。ドンッと何かが肩に当たった。次の瞬間、パッと部屋の中が明るくなった。取り出したばかりのミニマグライトAAAがベッドの下に転がっていくのが見えた。部屋の明かりをつけたのはリッチャンだった。リッチャンは木の枝に腰かけて本を読んでいる子熊を後ろから覗いているキリンの絵が描いてあるパジャマを着ていた。ということは「X君」は菜の花畑がプリントされたパジャマを着ているはずだ。すぐにでも「X君」を探したかったが、それは無理だった。すぐ後ろにリッチャンがいたからである。私はあわてて机の下に姿を隠した。

リッチャンは片足ケンケンで数歩進むと、足元から針金をつまみ上げた。私の針金である。どうやらリッチャンは、足の裏を切ってしまったようだ。不審そうに首をかしげると、またケンケンでベッドまで戻って行った。ベッドには「X君」の姿はなかった。リッチャンはキズの手当てを始めた。私は机の下で『マイ・ダイアリー』をジックリ読み直すことにした。「X君」に関する記述について、私が誤読しているということも考えられるからである。

一行一行指でたどりながらていねいに再読してみると、すぐに気になる箇所が見つかった。それは先に触れた、リッチャンが「X君」の「パジャマ姿」を「かわいい♥」と書いた箇所である。この前後の記述がアイマイなのである。読みようによっては、まるで「X君」の着替えをリッチャンが見ていたかのように受け取れるのである。それどころか、「パジャマ」に着替える「X君」を見ながら、リッチャンは自分の服を脱いでいた、と読むことさえ可能なのである。私は頭を抱えた。いっそ全部黒く塗り潰してしまおうかと思ったほどである。だが、私はそうしなかった。冷静だったからである。と言いたいところだが、実はそうではなかった。私は、右に述べた以上の記述にブチ当たってしまったのだ。私は突き指した右手に代わって左手で『マイ・ダイアリー』のページを勢いよくめくった。

リッチャンがおフロから上がって部屋に戻ると「X君」はあんなに「興味を持った」と言っていた「シートン動物記」を読んでいなかった。リッチャンはそれを「奇妙に」思った。すると「X君」はあきらかにイラだった表情で、次のような「奇妙な「台詞」を口にしたというのである。「ベッドの下に落ちていたんだが、これは、キミの持ち物？」。「X君」の汗ばんだ手には「二つ」の「アルミ製のペンライト」が握られていた。ここを読んだ時、私は思わずビヤッと大声を出してしまった。私のミニマグライトAAとミニマグライトAAAだと思ったのである。もちろん、それがありえないのはわかりきったことだった。私がミニマグライトAAとミニマグライトAAAを落としたのは、ついさっきのことだからである。それにしてもなぜ「X君」は「ベッドの下」を見たりしたのだろうか？　もしかすると「X君」はリッチャンの入浴中、読書などではなく、何か別のことをしていたのではないだろうか？　『マイ・ダイアリー』にはさらに、「X君」は突然「机の上」から体を乗り出し「開けた窓に上半身を突っ込ん」だと書いてあった。リッチャンが「何？」と声をかけると、「X君」は暗闇から真っ赤になった顔を彼女に向けた。「X君」が両手に持っていたのは「松葉杖」だった。私はまたしても叫んでしまうところだった。だが叫ばなかった。いうまでもなく、『マイ・ダイアリー』に書かれている「松葉杖」と私の松葉杖はまったく別物だからである。すぐに窓を開けて確認してみたから間違いない。私の松葉杖はちゃんと屋根の上に揃えて置いてあった。

これら一連の記述が意味するところはすでに明らかである。私の他にも、リッチャンの部屋に忍び込んでいる人物がいたということだ。しかも、さらに読み進めると「X君」はその人物に「心当たり」があると「明言」したというのである。そして「X君」は「縄バシゴ」をたぐりよせると、「まだこの家のどこかにいるはず」だから「見張る」と言って「クローゼット」の中に「入ってしまった」。私のいない間にリッチャンの部屋へ忍び込んだ人物とは、いったい誰なのだろうか。いや、誰であるかなどこの際、まったく重要なことではなかった。私はこの人物と鉢合わせになる可能性さえあったのである。私はその場面を想像して、目の前が真っ暗になった。すると、いきなり周囲は真っ暗になってしまった。キズの手当てを終えたリッチャンが明かりを消したのである。よほど眠たかったのだろう、リッチャンはすぐに寝息をたて始めた。私は急いで机の下から這い出た。「X君」はその人物をちゃんと捕まえてくれたのだろうか？　私は『マイ・ダイアリー』の続きを読むためにふたたび部屋の明かりをつけた。

『マイ・ダイアリー』によると、その人物は「X君」によって「取り押さえられた」。あいにく「Y君」としか書いてなかった。その「Y君」が見つかったのは、リッチャンの「寝たふり」にまんまとダマされ、「部屋の明かりをつけた」からである。「Y君」

は『マイ・ダイアリー』を読むのに没頭しており、「背後」から「X君」が忍び寄っても、まったく気づかなかった。「Y君」は「たちまち意識を失な」って、「X君」にもたれかかった。それから「携帯」で呼び出された「X君」の友人たち（「A君」「B君」「C君」）によって、外へ連れ出された。私はすぐにでも「X君」と握手をかわしたいと思った。その後「懲らしめ」方について「X君」はいろいろと語ったようだがリッチャンはあまり詳しくは書いていない。意図的に省いたのだと思う。代わりに、楽しい四コママンガが描いてあった。その四コママンガは何回読んでも新鮮で、私は『マイ・ダイアリー』を開いたまま、いつまでもゲラゲラと笑い続けた。

早乙女裕美は、かすかに歌声を聴いた。
廊下を進むにつれ、しだいにはっきり、それは聴こえてきた。
さわやかな朝にふさわしい、透明感のある歌声だった。
いつの間にか、立ち止まっていた。
「わが校の合唱部ですよ」
担任はチラッと振り向いた。
出席簿で日差しをさえぎった。
「あそこが音楽室です」
それは正面の校舎の二階、ちょうど真ん中だった。
風が吹き、さらさらとカーテンを上品にゆらした。
内部が一瞬、垣間見れた。
真っ白な壁。
威厳を感じさせる肖像画。
カツラをかぶった、西洋の有名な音楽家の肖像だ。
歌声の主の姿は見えなかった。
（とても美しいわ）

裕美は心の中でつぶやいた。

繊細な、みずみずしい歌声を、こわしたくなかったから。

担任は出席簿をわきに挟み、窓を開けた。

「ぼくはいつも、聴くたびに、癒されています」

夏のさわやかな風がふたりのあいだをすりぬけた。

さっきより鮮明に、歌声が廊下にひびいた。

「心の洗濯をしている、そう実感しますよ」

そういうと担任は深呼吸をした。

裕美は窓枠に腕をのせた。音楽室を見つめた。

「ユミ、前の学校で合唱部だったんです」

「ほほう」

担任は頬に手のひらをあてた。

清潔な、青々とした頬だ。

「早乙女くんは、自分のことを、ユミ、というんだね」

「アッ、いっけない」

裕美は舌を出した。

「つい、クセが出ちゃったわ」

すると、即座に、

「早乙女くん、舌、磨いているでしょう」

担任が指摘した。

裕美はあわてて、口に手をあてた。

「こういうこと、妙に、好きなんです。舌磨きのほかにも、ユミは糸楊枝とかも使って……アッ、またいっちゃってるわ！」

あきれたように、肩をすくめた。

「もう子供じゃないんだし、やめようっていつも思っているんですけど――」

「いいんだよ。いいんだよ」

担任は、その清潔に剃った青々とした頬を見せびらかすように、左右にはっきりと振った。

「自分らしさを見失わないことが何よりも大切だからね。それに、女のコらしくて、とってもかわいらしいよ」

それから担任は、急に思い出したように、

「早乙女くんは、合唱をやってたのかい」

ちょっと困ったような表情になっていた。

裕美はコクンとうなずいた。

「それで、合唱部に入部するつもりなのかな」

「ええ、できれば……でも、あんなふうにじょうずに歌うのはとても無理だわ。とてもこのような美しい、みずみずしい声は出せない――」

「早乙女くん、ちがうんです」

担任が、かぶせるように、いった。

「混声じゃないんです」

「？」

「同声なんです。要するに、あそこで歌っているのは、全員、男のコなんですよ」

「男のコ、ですって」

驚いて、窓の外に視線を戻した。

やはりカーテンの陰にかくれていて、姿は見えなかった。

だが、そういわれてみると、通常のソプラノやテノールといった、混声合唱ではないようだった。

「いわば、少年合唱団といったところかな」

担任も中庭へ向き直った。

「そうそう、以前、タウン誌に〈日本のウィーン少年合唱団〉と書かれたこともあるんですよ」

小便小僧が気持ちよさそうに、小便をしていた。

ピアノの伴奏が聴こえなくなった。

「オヤ、無伴奏になったぞ。おお、この旋律は、この歌は『霧明け』だ」

担任は嫋やかな手つきで指揮の真似をし始めた。

「はてな。妙だな。もうそろそろ始業の鐘が鳴ろうというのに。この歌はあと、五分以上、続きますよ。ジックリと歌い込むんですよ。いつもなら、朝の練習は終わっているはずの時間ですよ」

両手を左右対称に上げ下げしていた。チラッと、覗くように裕美を見た。

「イヤ、それとも、もしかしたら、早乙女くんのために、早乙女裕美という新しい友人のために、祝福する気持ちを込めて、歌っているのかもしれないな」

裕美は、全開になっているズボンのチャックのことを、担任に伝えるべきかどうか、悩んでいた。

（どうしよう）

とりあえず、目をそらした。

(こういうときは、黙っていたほうがいいのかしら。どうしたらいいのかしら)

うつむいて、思案していると、

「早乙女くん、もしかしたら、オナカが痛いんじゃないか」

肩に手をかけながら、担任がいった。

「いえ、だいじょうぶです。ちょっと考え事をしていただけです」

裕美がいうと、

「そう。でも何か心配事があったら、いつでも先生にいってください」

担任は、いたずらっぽく、ウィンクした。

「とはいえ、男の教師にはいえないこともあるでしょう。そんなときは女性教師に相談しなさい。まあ、でも、そのうち先生にはいえないようなことも、きっと、出てくるだろうね。そんなときは、ひとりで悩まず、級友たちに相談なさい。自分が担任だからいうわけではないが、うちのクラスの生徒たちは、みんなとてもイイ奴なんだ」

うつむいていると、かえって視界に入るので、裕美は顔を上げた。担任の顔が目の前にあった。

「ぼくの顔に何かついてるかい」

裕美はあわてて首を振った。そして、

「先生って、生徒思いの、やさしい先生なんですね」

「オイオイ、よせよ」

みるみる顔が真っ赤になった。

「さあ、急ごう。クラスのみんなが首を長くして、きみのことを待っているよ」

担任はいきなり駆け出して、廊下の角を曲がった。


担任がいったように、級友たちは全員、親切で、やさしかった。

昔からの親友のように、裕美に接してくれた。

これなら新しい環境にすぐ、溶け込めそうだった。

裕美が窓の外を見ていると、

「早乙女さん」

すぐに声をかけてくれた。

そして裕美のとなりにきて、きさくに話しかけた。

「セミがずいぶんうるさいナとか、思ってるんじゃない？」

といったのは、五分刈り頭の男のコだった。裕美のとなりの席の生徒だ。

「ええと、あなたは、伊藤弘さんね」

「もうぼくの名前、覚えてくれたんだ」

伊藤は感激した様子でいった。

「前の学校に、同姓同名の男のコがいたから」

裕美が肩をすくめながらいうと、

「ああ、そう」

ちょっとガッカリしたようだった。

「ごめんなさい。余計なことを、いっちゃったわ」

「イヤ、あやまることなんかないよ。むしろ光栄だな」

伊藤は窓の外を見た。

「出会う前から、ぼくの名前を知っていてくれたなんて光栄だよ」

胸を張り、ヤッホーと叫んだ。

山彦が返ってきた。

「早乙女さん、この学校って、ずいぶんイチョウの木が多いナ、と思ってるんじゃないかな」

裕美は驚いていった。

「心の中を覗かれているようだわ」

「早乙女さんは都会からきたから、自然がめずらしいんじゃないかなって推測したんだ」

伊藤はちょっと得意げに鼻の下をこすった。

「すごく立派な、大きな幹だわ。ここから見ても大きいもの。それに、空気がおいしいわ」

裕美が窓から身を乗り出すと、

「危ないよ」

伊藤はすぐ、腰を支えた。

「秋になると、さぞかし美しい色に染まるでしょうね」

校庭を取り囲むように立派なイチョウの木が植えてあった。

イチョウの葉は、この学校の校章の図案にもなっていた。

裕美は深呼吸した。

「山にはクリの木もたくさんあるよ。あとで行ってみようよ。すごく良いニオイがするよ」

裕美は微笑んだ。

「この町には娯楽はないけど、自然だけはたっぷりあるから」

「弘さん、早く実がなればいいなって思っているんでしょう」

「しまった。ぼくの心が覗かれてしまった。じつはクリごはんが好物なんだ」

伊藤は五分刈りの頭をポンッとたたいた。

「でも、イチョウからはギンナンがとれるじゃない。茶わん蒸しにすると、おいしいって、おばあちゃんから聞いたことがあるわ」

ふと思いついて、そういった。

すると、

「ギンナンは実らないんだ。残念ながら」

だれもいないと思っていた反対側から突然、聞こえた。

振り向くと、銀縁メガネをかけた男のコがいた。

「ええと……」

とっさのことに、その男のコの名前を思い出せずにいると、

「小林です。小林秀雄です」

自分で名乗った。

この小林の頭も、伊藤と同じように五分刈りだった。

「ここにあるのは、雄株ばかりなんです。ギンナンの実は雌株がないと実らないんです。雌株は国道沿いに——」

途中で、ニワトリが数度、鳴いた。

「あ、ニワトリ」

裕美はまた身を乗り出した。一瞬、間があったが、今度は小林が支えた。

「ニワトリって夜明けにしか鳴かないんだと思っていたわ。こんな時間にも鳴くのね」

「野生みたいなものですから」

「闘鶏とかもするんだ」

「学校で飼っているの?」

裕美と小林のあいだに、だれかが割り込んできた。

「生物委員会が飼育しているんだよ。生物委員会は掃除をしたり、エサをやったりするんだ」

彼は長谷川徹といった。

「早乙女さん、もし興味があれば、この委員会に入ったらいいよ。じつは、ぼくも委員なんだけど」

「徹、それじゃまるで、徹だけが生物委員みたいじゃん」

そういったのは和田博という名の男のコだった。和田は机に腰掛けてゲームボーイをしていた。

「そう、奴だけでなく、ぼくらも、生物委員なんです」

と、小林が説明した。

「あさって、飼育小屋の掃除当番の日だから、早乙女さんも手伝ってくれるかな」

和田は顔を上げた。

「嬉しいわ。ユミ、動物って、すごく好きなの」

また、鳴き声が聞こえた。

「どこから聞こえるのかしら」

「ああ、飼育小屋は、裏庭にあるんだ」

鼻の下を指でこすりながら、伊藤がいった。

「もともと、中庭にあったようだけどね。そこから裏庭に移したらしいんだ、どうやら。中庭に、柱を立てた跡が残っているから。それに倉庫もあるから。飼育小屋の掃除用具や飼料なんかをしまうんだ」

「たしかに、中庭には小便小僧の池もあれば、花壇もあって、日当たりがいい。だけど、校舎に近いじゃん」

和田はうつむいたまま、補足した。

「それで、うるさくて。オスばっかりだから」

と、長谷川が続けた。その長谷川の頭を、伊藤は押さえつけるようにして、

「卵がとれないのが残念だ」

と、オドケてみせた。

裕美は笑った。

「早乙女さん、あのあたりにヤナギの木があるんだけど、気づきました？」

小林がちょっと大きな声をだした。

あわてて、小林のほうを振り向いた。

「ヤナギの木？」

窓の外には、イチョウ並木しか見えなかった。

「ちょうどあのあたり――」

裕美の手をとって、その方向に向けた。だがやはりイチョウの木しか見えなかった。

小林は、

「出るんです」

といって、裕美に顔を近づけた。ゴクリと、ツバを飲み込んだ。最近目立ち始めたノドボトケが上下に動くのがわかった。

「出るって……」

「妖怪ですよ。夜中に、ヤナギの下に」

「学校の七不思議なんだけど」

今度は伊藤が解説した。

「どこにでもある話だろうけど。女の人が出るっていうんだ」

「ヤナギの周囲を数回まわると、出てくるんだって」

長谷川がつけたした。

「ほんとなの」

この手の話は苦手だった。

なのに、聞き返してしまった。

（ユミのおバカさん！）

心の中で、自分をしかった。

「本当です。ぼくが目撃したんです。詳しくいいましょう」

「あれは秀雄の妄想だろう」

長引きそうな話を伊藤が中断させた。

「イヤ、本当です」

「よせよ。早乙女さん、怖がってるじゃん」

休み時間はそろそろ終わりかけていた。

「ちょっとお手洗いに行ってくるわ」

尿意を催したのは、ちょっぴり怖くなったせいだった。

「さっきぼくらと一緒に行けばよかったのに」

「そうか、誘えばよかったね」

「もう一回、行きましょうか」

「だいじょうぶ、ひとりで行けるわ」

裕美は急いで廊下へ出た。

振り向くと、彼らは手を振っていた。

他のクラスの生徒からも「早乙女さん」と、声をかけられた。

ほとんどそれは声援のようだった。

学年、クラスという垣根を越えて、早乙女裕美はやさしく迎えられていたのだった。

裕美はまだ、女子便所の場所を知らなかった。用を足すのはこれが最初だった。探している途中で、

「あの、ちょっと、すみません」

と、呼び止められた。

数人の見知らぬ男のコたちだった。

詰め襟につけたバッヂがキラッと光った。

そのバッヂは上級生であることを示していた。

彼らは裕美にあからさまに見とれてしまっていた。

次の言葉がいいだせなくなったようだ。

「急いでるんです」

だが、彼らはモジモジしているだけで、しゃべりだそうとしなかった。

「急ぐんですけど」

眉間に皺がよった。

偶然そのわきを通りがかった男子生徒は「そういう表情もいいなあ」とつぶやい

た。

上級生たちは、目配せをしたり、ひじでつつきあったりした末、ようやく、

「あの、ぶ部活、どこにするか……」

ひとりがそういった。最後まで聞きとれなかった。

「もしよかったら、マネージャーをやっ…………」

あとが続かなかった。

息が詰まってしまったのだ。

「…われわれは、や野球部…………」

さらに汗だくになっていた。

手のひらでぬぐって、イチョウの葉のマークを縫いつけた野球帽をかぶった。

「……伝統があり…………」

だんだん短くなってきた。

かわりに沈黙が長くなった。

「…………ビデオに収…………」

ツバをグイッと押し下げ、うつむいていた。

早く立ち去りたい、と思っているようだ。

他の部員たちも全員、うつむいたままだった。

「如何せん」

彼らが顔を上げたとき、裕美の姿はもう、そこにはなかった。

（もう限界！）

裕美は中庭に飛び出した。


早乙女裕美は、道に迷ってしまった。

まだ帰り道に慣れないせいであった。

すっかり暗くなってしまった。

帰り支度をしているとき、

「また、ぼくらが送るから」

と、伊藤弘が声をかけてくれた。

「そんな、悪いわ。気持ちだけで嬉しいわ」

裕美はことわった。

昨日、彼らは遠まわりしてまで、裕美を送ってくれたのだ。

「早乙女さん、そんなこといわないでください。ぼくらはもう仲間なんですから」

小林秀雄が悲しげな表情で近づいてきた。

「そうだよ。気にすることなんかないじゃん」

「もし迷ったりしたら、そっちのほうが心配でたまらないよ」

和田博と長谷川徹が裕美の両側から顔を出した。

だが、放課後になっても、なぜか彼ら級友たちにいっこうに帰る様子を見せなかった。

円陣を組んで、なにやら熱心に相談していた。

それで、結局、裕美ひとりで下校することになったのだった。

始めは順調だった。

そのうちに見たことのない景色が広がり始めた。

引き返すと、元に戻らなかった。

角を曲がった。

「ここ、どこ?」

わからなかった。

ため息が出た。

すでに日が暮れていた。

もし、あのとき、親切な男の人が車で送ってくれなかったら、裕美はまだ、自宅にたどりつけていなかっただろう。

玄関の明かりをつけた裕美は、家の中の変化に気がついた。

（なんだか見慣れないような――）

そう思った。もっとも、まだ引っ越しして数日しかたってないし、見慣れないと思うのは当然だった。

（だけど――）

なんだかおかしかった。

裕美は居間の扉を開けた。

「！」

息をのんだ。

今朝と、まるでちがっている。

すっかり片づいているのだ。

高く積まれていた段ボール箱は、どこにもなかった。

家具がきちんと並んでいた。

テーブルの上は、大きな灰皿がひとつ、置かれているだけだった。

箱から出してさえなかったテレビは……

ちゃんとビデオデッキに接続されていた。

再生の表示が出ていた。

画面には、なぜか野球場が映っていた。

「お父さん」

ひととおり室内を見まわした裕美は、声をかけた。

眠っていたらしい父は、

「おや、おかえり」

寝ぼけた声で、目をこすりながら、ソファから起き上がった。

「ねえ、引っ越しの片づけ――」

いいかけて、裕美は途中でやめた。

父はテーブルの上を両手でなでていた。

「あきれた」

父に聞こえるよう、わざと大きなため息をついた。

「オイ、お父さんのメガネ、知らないかい」

「頭の上にのっかっているわよ」

「おお、あった、あった……なんだい。なんで笑うんだい」

メガネをかけた父は不服そうにいった。

「なんでもないわ」

裕美は笑いをこらえながら、となりの食堂を覗いた。

「お母さんが手伝いにきたの？」

あり得ないこと、と思いながらも、裕美は、一応、聞いてみた。

食器棚に整然と並んでいる茶碗。

きちんと裏返しに置かれているグラス。

どう考えても、それらを父がひとりでやったとは思えなかったから。

「そんなはずないだろ」

父は怒ったようにいいはなった。

「奴はおれのことが嫌いなんだ」

煙草に火を点ける音が聞こえた。

「娯楽を知らない男はお嫌いだとさ。女女しくて嫉妬ぶかいサラリーマンは、鞍馬天狗だと」

食堂をひとめぐりして、裕美は冷蔵庫の扉を開けた。

ギッシリと肉や野菜が入っていた。

(だれか女の人がきたのね)

そう思った。

テーブルの上を眺めた。

何品ものおかずが小皿に分けられていた。

ていねいにラップがかけられていた。

疑いの余地はなかった。

(お父さんも案外やるじゃない)

父がいった。

「夕飯、まだだろう」

「さっき、ごちそうになったから」

いってしまってから、しまった、と思った。

聞こえなかったのか、父は気にせずに続けた。

「お父さん、先に食べちゃったんだ」

テレビのボリュームが下がった。

「彼らは裕美の帰りを待とうっていってたんだけど、あまりにも遅かったからさ」

「彼ら？」

裕美は食堂から顔を出した。

「彼らって……」

「裕美の新しい級友たちだよ」

「ユミの、クラスの？」

「そういってたよ。『早乙女さんのクラスの者です』って。全員がそうだったかは、わからないけどな。球児たちもいたしな」

「球児？」

「泥だらけのユニホームを着てたぞ。ホラホラ、このコじゃないかな」

テレビの画面を指さした。

横顔がアップになっていた。ネクストバッターズサークルに立って、素振りをしていた。

この顔は……昨日、廊下で「あの、ぶ部活、どこにするか……」と話しかけてきた男のコだ。

「大いに助かったよ。この部屋だけじゃないんだ。お父さんの書斎も、やってくれたんだ。やはり、男手があるとちがうな」

裕美は自分の部屋へ急いだ。

背後から父の声が続いた。

「裕美は嬶天下になるかな。安産型だからな。いずれ結婚するんだろうなあ」


裕美の部屋もまた、すっかり変貌していた。

今朝までの状態がウソのようだ。

洋服ダンスにはふだん着るための夏物、そして、もうそろそろ必要だと思っていた秋物の衣類がきれいに畳まれていた。

北向きだったベッドは、南向きに置き直されていた。

机の引き出しの中身もきちんと整理されていた。

引っ越す前の状態に戻っていた、といっていいくらいだ。

いや、ただたんに、引っ越し前の状態に戻っていた、というだけではなかった。

はじめて見るものさえ、そこにはあったから。

まず気がついたのは、カーテンだった。

女のコらしいピンクの花柄に変わっていた。

それから、壁に外国映画の俳優のピンナップが貼ってあった。

裕美の好みではなかった。

ベッドの上には、ドラえもんのぬいぐるみが、チョコンと、座っていた。

裕美は抱き上げた。

「かわいいって、前の学校では流行ってたけど」

ごみ箱へ向かった。

そのとき、ふと、視線が落ちた。

「何かしら」

ごみ箱の中から拾い上げてみた。

「ああ、これは……」

ぬいぐるみが床に転がった。

それは、なくしたと思っていた写真だった。

切り抜かれてサイズの小さくなった、写真。

「鈴木、くん」

自然に声がもれた。

それは、裕美の宝物だった。

裕美は写真を胸に押しつけた。

「こんなところで、見つかるなんて」
目を閉じた。
目を閉じても、浮かんでくる。
学校一ハンサムだった、鈴木一郎の姿が。
スポーツマンだった、鈴木一郎の姿が。
勉強もよくできた鈴木一郎だったが、何より、音楽の才能に恵まれていた。
〈付属の羽田健太郎〉と呼ばれていたほどだった。
合唱部の次期部長といわれていた。
たまに、目があった。
（ユミの思い過ごしかもしれないけど）
それでも裕美は幸せだった。
いつも女のコたちに囲まれていた。
彼女たちは、たがいに嫉妬していた。
この写真だって、やっとのことで、購入したものだった。
体育大会の写真が廊下の壁に貼り出されたとき、コッソリと番号をメモしたのだった。

もっとアップで写っている写真、できれば彼ひとりで写っている写真が本当はほしかった。

その写真に写っていた、一郎を取り囲んでいた女のコたち数人は、すぐに切り取った。

裕美にはいつまでも遠い存在だった。

遠い星の王子様。

裕美は心の中でつぶやいた。

引っ越すことになっても、何も告げなかった。

忘れよう——

そう決めたから。

写真は、引っ越しのドサクサでなくしたもの、と裕美は思っていた。

でも、もしかしたら、忘れようと思って、わざとなくしたのかもしれなかった。

忘れることができる、と思ったのかもしれなかった。

その写真がふたたび現れた。

「鈴木くん」

また、声がもれた。

消せなかった、胸の奥の炎。
瞬き続ける、星の輝き。
裕美はベッドに横になった。
天井を見つめた。
螢光シールが貼られていた。
前に住んでいた人が剥がし忘れたのだろう。
うす暗い部屋で輝いていた。
胸の奥の、小さな炎のように。
「牡羊座だわ」
偶然と知りながらも、嬉しくなった。
牡羊座。
鈴木一郎の星座。
眺めているうちに、裕美の心は、かすかに波打ち始めた。
そして、しだいに、激しく揺れ始めた。

「悩み事があるんじゃない？」

心配そうにたずねたのは伊藤弘だった。

二宮尊徳の銅像の前で、級友たちが見つめていた。

早乙女裕美はニワトリ小屋の前に立っていた。

ちょうど飼育小屋の掃除が終わりかけたところだ。

「きっと、ぼくらの片づけかたが気に入らなかったんだ」

飼育小屋から長谷川徹が叫んだ。

すると、

「あのカーテンがよくなかったんだ」

「今時、ピンクの花柄なんて、ダサいと思ったんだ」

「そうだ、そうだ」

などと、つぎつぎと声があがった。

いっせいに非難するように、小林秀雄を見つめた。

「あのぬいぐるみも、どうかと思うけれど」

小林はしどろもどろになって弁解した。

「なんだと」

太い声がした。

サッと級友たちは左右にわかれた。

小林は息を飲んだ。

「あれは、先輩の――」

いい終わらぬうちに、小林は胸倉をつかまれ、宙に浮いた。

「待って。ちがうの。ちがうのよ」

裕美はあわててふたりのあいだを割った。

「引っ越しの片づけが気に入らなくて悩んでるんじゃないわ。そんなことあるはずがないわ。そんなこと、あるはずないわ」

必死にふたりに向かっていった。

「ディカプリオのポスターだって、嬉しかったわ。ドラえもんだって、ずっと大好きで、ほしいと思っていたわ。それにあのカーテンだって」

落ちたメガネを拾い上げて、

「とても、かわいらしかったわ」

背伸びをし、小林にかけてあげた。

「感謝しても、感謝しても、足りないほどよ」

裕美は懸命に続けた。

「お礼をしなくちゃって思ってるわ。苺のショートケーキを焼こうと思っているわ」

　空気は一変し、殺気立った。

「ぼくショートケーキが大好きなんだ」

「早乙女さんの手作りケーキが食べれるなんて、嬉しいなあ」

伊藤だけが黙っていた。

瞳を伏せていた。

やがて、

「お弁当をだいぶ残していたようだけど」

と、唐突にいった。

「余計なお世話かもしれないけど、早乙女さんはダイエットする必要なんか、全然ないと思うな」

　それを聞いて、

「ダイエットしてるの？」

「こんなにスリムなのに」

「信じられない」

級友たちは手をのばした。

伊藤はその場を動かなかった。木漏れ日が足元を揺らしていた。

「ダイエットじゃないわ。ただ食欲がなくて。なんだかノドを通らなくて」

と、裕美は正直にいった。

「食事もノドを通らないのか」

伊藤は腕を組み直した。神妙そうな顔つきだった。

「ダイエットでもないのに、食事がノドを通らない……これは、あくまで推測だけど」

いったん、言葉を区切った。

「悩み事がやはりあるんじゃないかな。年頃の女のコの悩みといえば――」

伊藤がいいかけたところで、

「倉庫の鍵、かけられてるぞ」

和田博が息を切らして走ってきた。

例の、掃除用具などをしまっておく倉庫のことだ。

「どうしよう」

呼吸を整えて、和田はいった。

「とりあえず、行ってみよう」

皆は中庭に向かった。

この裏庭から中庭へ向かうには、いったん、校庭に出なければならなかった。

校庭では野球部がキャッチボールをしていた。

裕美が通ると、中断し、帽子をとって挨拶した。

小便小僧はあいかわらず水に波紋を作り出していた。

音楽室の窓が見えた。

歌声は聴こえていなかった。

先に到着していた級友たちが倉庫を取り巻いていた。

しっかりと錠がかけられていた。

「素手じゃどうにもならんな」

だれともなく、うらめしそうに、いった。

「だれかが閉めちゃったのかしら」

裕美が心配そうにたずねた。

「まあ、犯人はわかっているんだ」

伊藤はすこし得意そうな顔をしていた。

「犯人？」

「ここの鍵をかけた犯人さ」

「鍵婆さんだな」

「だよな」

顔を見合わせ、うなずきあった。

「鍵……？」

裕美は聞いた。

「ああ、早乙女さんはまだ見てないんだね。鍵婆さんっていうのは、ぼくらのつけた名前で、用務員のおばさんのことさ。おばさんっていうか、メンスのあがった婆さんさ」

「やたら威張ってて、見まわりが早いんだ」

「妥協しないんだよな」

そういうと彼らは、

「すぐに戻ってくるから」

といって、校舎の陰に消えた。

裕美はひとり、中庭に残された。

不意に、あの歌声が聴こえてきた。
裕美がひとりになるのを待っていたかのように。
「これは『皇帝円舞曲』だわ」
その美しい歌声に導かれて、校舎の二階を振り向いた。
「本当に、すばらしいわ」
裕美はつぶやいた。
(鈴木くんは今頃、どうしているだろう)
そう思った。
(きっと、いつもと変わらないんだろうナ)
グランドピアノの前の一郎の姿。
合唱部の女のコたちの姿。
彼女たちの媚びるような眼差し。
裕美はいつもひかえめに、遠くから彼の背中を見つめていた。
そんな平凡な、何度も繰り返された光景が思い浮かんだ。
歌声は続いた。
聴いているうちに、息苦しくなってきた。

一郎を、そして、彼女たちを、頭から追い出そうとした。
離れて一郎を見つめている裕美自身の姿も、追い出そうとした。
もうその場所に、自分はいないのだから。
この中庭に、ひとりで、いるのだから。
いっさいの想像を消そうとした。
けれども、消せなかった。
今、音楽室から聴こえてくるこの歌が、裕美の記憶を呼び起こしているのだった。
まるで一郎が演奏しているように聴こえた。
もっと、近くにいればよかった。
こんな苦しい思いをするくらいなら、もっと近くにいればよかった。
「胸が苦しいわ」
頭を振った。
だが想像は消えなかった。
裕美はいつまでも一郎を見つめていた。
遠くから、見つめていた。
いっそ離れたかった。でも、離れられなかった。

伊藤たちはなかなか戻って来なかった。

一郎
まだ　ロマンスに酔う
あの娘《こ》の
視線の先に
いない！

裕美は歌を歌い始めた。
記憶の中の消極的な裕美を、励まそうと、決心したのだった。
このまま何もせずに、ここにいるのは、耐え難かった。

あれま！　お気楽にいうな！
こんなに　遠くに
離れていても
引っ張られる！

La　La　La
告《コク》る……　告《コク》らず……
告《コク》らず……

歌うことは恥ずかしくなかった。
裕美は独唱を得意としていたから。
それに、異なるメロディは、たがいに打ち消しあって、詞の内容を聴かれる恐れもなかったから。

告白をしなかったことを
もったいないなって私は思うわ　なぜなら相手は鈴木一郎だからよ　この世に鈴木一郎はただひとりよ　あなたにとって　鈴木一郎は　ただひとりなのよ　さあ勇気だして告白するのよ

裕美は空を見上げた。

ほら　いい？
向こうで　セミが
ジージー鳴いたわ

セミの声？

いつの間にか音楽室からの歌声がやんでいることに気がついた。

どこからか拍手が聞こえた。

「弘さん？」

聴かれていたと思うと、やっぱりちょっと恥ずかしかった。

「秀雄さん？」

彼らが姿を消したあたりを見た。

「博さん？」

誰の姿もなかった。

「徹さん？」

校舎の曲がり角まで行ってみた。

見渡しても、どこにも彼らの姿はなかった。

どうしたことか、さっきまでボールを追いかけていたはずの野球部の姿も、なかった。

セミは変わらずに鳴いていた。

小便小僧の小便の音が聞こえていた。

足元に、鍵の束が落ちていた。


鈴木一郎はぼうぜんと立ちつくしていた。

つい今しがた、数十人の男たちに取り囲まれ、ほとんど一方的に話を聞かされたあげく「帰りの電車賃がないから」と小遣い銭まで巻き上げられたのだった。

そのとき一郎は、ちょうど立ち小便をしていたところだった。

すでに日はとっぷりと暮れていた。

これほど合唱部の練習が遅くなるとは思わなかった。学校の中で用を足す時間さえなかった。

商店街の裏通りに入り込んだ。

街灯はなく、人の気配もなかった。

（こりゃ、イイぞ！）

一郎は開放感を感じていた。

歌が自然にもれたほどだった。


進め！

進め！

タイガー戦車！

すると突然、

「一郎くん」

背後から肩をたたかれた。

聞き覚えのない声だった。

どことなく不自然な標準語。

小便が出ている最中であり、振り向くことはできなかった。

「よかった。鈴木一郎くんだぞ！」

「やっと見つけた」

「まったく一時はどうなることかと思ったよ」

人数は把握できなかった。ひとりふたりではないようだ。一郎は不安を感じた。

すぐにでもその場から離れたかった。

けれども、振り向くことすら、できなかった。

なかなか小便を切り上げることができなかったから。

「終わった？」

「まだ？」

左右から覗かれ、あわててかくすように前かがみになった。

「おい、一郎くんを急かすのはよせ」

両脇には別の男のコたちが割り込んできた。

「そうだよ。一郎くん、急ぐ必要はないよ。ほら、ぼくも立ちションするから」

そういうと、チャックを下ろした。

「じゃあ、ぼくも」

反対側からもチャックを下ろす音。

一郎はおそるおそる左右に視線をやった。

「伊藤です。よろしく」

暗がりの中で、よくは見えなかったが、さわやかな、子供っぽくさえある笑顔だった。頭は五分刈りにしているようだ。

「小林です」

反対側からも声がした。

とてもまじめそうな男のコだ。

もっと凶暴な顔を想像していたので、いささか拍子抜けした。

手が差し伸べられた。

その手が一郎の息子に触れそうになった。一郎は体重を移動させた。

「一郎くん、かかる、かかる」

伊藤は一郎の息子にじかに触れて、方向を変えた。

「おい、ここさ、ほんとうは、立ち小便ダメみたいだ。ホラ、これがあるから。鳥居があるから。ホラ見てってば」

一郎はそでを引っ張られた。

「とにかく場所を変えよう。こんなところじゃしゃべりにくいだろう」

暗闇の中からだれかが提案した。

「それに、小便臭いじゃん」

ドッと笑い声があがった。

（いったい、何人いるんだ）
一郎は気味悪く思った。
小林の提案によって、近くの喫茶店に入ることになった。
周囲を取り囲まれるようにして席についた。
そこで彼らの姿をようやく目の当たりにすることができた。
全員、五分刈りにしていた。
金ボタンの眩しい、詰め襟だった。
女のコはひとりもいなかった。
詰め襟に混じって、野球のユニフォーム姿がちらほら見えた。
「野球部の連中なんだ」
伊藤がいった。彼は一郎の真向かいに腰をおろしていた。
「着替える暇がなかったんだ。急いでたもんだからね」
（男子校の生徒だろうか）
一郎は思った。
ウエイターが去ると、
「一郎くん、ぼくらが何者なのかと、思っているんでしょう」

小林が微笑を浮かべながらいった。

「あ、ああ」

一郎はそれだけしかいうことができなかった。

「ぼくらは、いわば、媒酌人だ」

伊藤がキッパリといった。

「媒酌人?」

「早乙女裕美さんを知っているだろう」

驚いている一郎を無視するように、伊藤は続けた。

「早乙女さんがきみに伝えたいと思っていることを伝えにきたんだよ」

「彼女はある娘に、恋の悩みを相談されてね」

「その娘はきみに恋しているんだよ」

立て続けに、あちこちから声が聞こえた。

伊藤はストローで氷をかきまぜながら、

「だけど、きみは早乙女さんに思いをよせているんだね」

といった。

「三角関係だな」

後ろの席から聞こえた。

一郎は振り向いた。

封筒が投げ出された。

「！」

絶句した。

おそるおそる、手に取ってみた。

すでに開封されていた。

「さっき偶然、カバンの中から見つけたんだ。ほら、一郎くんが立ちションしてたときだよ。長々と立ちションをしているときだよ」

ウエイターたちが遠慮なく笑う声が聞こえた。

「長々と立ちションしていてなかなか振り向かない後ろ姿が一郎くんだってわかったのは、この手紙を発見できたからなんだ。だから、ぼくらは声をかけることができたんだよ」

「まあ顔は写真で知ってたけど」

「髪がのびてて、わかりづらかったよ」

「それに、ちょっと太ったようだね」

一郎は背後からくすぐられた。

「この手紙はさっきから回し読みしてたんですが」

小林が一郎から手紙を奪った。

中身を出して、

「なかなかの名文だと思います。出だしがいいですね。今、授業中にこれを書いていますっていうのがいいですね。すごく身近に感じられるし、フレンドリーな雰囲気に満ちているし。最後の、アッ、見つかっちゃいそうだから今日はここまで、また書くねってところも、さりげなく次につなげているし」

「とにかく、これが早乙女さんの手に渡らなくてよかったよ」

「早乙女さんが読んだら、きっと悩むだろうね」

「そうだな。食事がノドを通らなくなるどころじゃなくなるな」

目の前で、クルックルッと、ペンが回転していた。

「一郎くん、どうか気を悪くしないでくれよ。早乙女さんは、きみのことを好きじゃないみたいなんだ。というか、どうやら嫌いなようなんだよ」

一郎の肩に腕がまわされた。

「一郎くんだけ切り抜かれちゃうくらいだから」

さらに、反対側からも腕がまわされた。

「今頃、早乙女さんの部屋のごみ箱の中で眠っているわけだからなあ」

一郎は身動きが取れなくなってしまった。

「とにかくこれは、一郎くんのことを遠くでしたっている女のコに渡したほうがいいと思います」

「早乙女さんもきっとそれを望んでいると思う。早乙女さんの意見ではないけど、ぼくらはいつもそばにいるから、彼女が心の中で何を思っているのかくらい、わかっているつもりだよ」

「いつもそばにいる、だって？」

一郎は、ようやく、口を挟むことができた。

「きみたちは男子校の生徒だろう？」

「そうだよ」

伊藤が答えた。

一郎は身を乗り出した。

「おかしいじゃないか。きみたちの口ぶりではまるで、裕美ちゃんが級友か何かのように聞こえるんだが。いつもそばにいるとか、彼女の心の中がわかるとか、おかしいじゃないか」

彼らは黙っていた。

「用件は直接、いってもらおう。婉曲にではなく」

やがて、伊藤が口を開いた。

「一郎くんって、怒りっぽいんだな。早乙女さんが嫌うだけのことはあるな」

一郎はわけがわからなかった。

「やはりこれは、一郎くんのことを遠くでしたっている、例の娘に渡したほうがいいよ」

小林が顔を寄せてきた。

「その娘は遠くにいるんですが」

そういうと、指を鳴らした。

どこからか歌声が聴こえてきた。

あれま！　お気楽にいうな！
こんなに　遠くに
離れていても

引っ張られる！


一郎は驚いて立ち上がった。周囲を見渡した。全員、口を閉じていた。

「と、その娘は、思っているんです、一郎くんのことを」

小林が平然と続けた。

「遠恋ということになるな」

となりのテーブルから聞こえた。

後ろのテーブルからは、早口で、

「この世に鈴木一郎はただひとりよ、あなたにとって、鈴木一郎は、ただひとりなのよ、さあ、勇気だして告白するのよ、と、早乙女さんは、その女のコを励ましているんだよ」

「その娘にぼくは、まったく心当たりがないんだが」

さっきからずっと思っていたことを口にすると、一郎などいないかのように、

「そろそろ帰らないと終電がなくなるよ」

「ああ、すぐ終わらせるよ」

急にあわただしくなった。

「何をするんだ」

伊藤は宛て名を書き換えようとしていた。

「やめろ」

一郎はテーブルをたたいた。

「だいたいきみたちはいったい……」

「媒酌人だっていったろう」

だがなかなか書かなかった。

ペン先でトントンと紙の上をたたいた。

記憶の底から思い出しているかのようだ。

やがて伊藤は、サッサッサッとペンを走らせた。

迷いのない線に見えた。

そう、それはただ数本の線を引いただけのように見えた。

というか、それは、本当に数本の斜線を引いただけだった。

五郎の五年間

〈一〉

小学校五年の春、五郎は恋をした。

五郎は恋多き男だった。初恋を経験したのは彼がまだようちえんにかよっていたときだ。あいてのなまえは、いずみりつこといった。あかるくて、むぎわらぼうしに、みつあみがよくにあっていた。

いずみりつこのかおを、さいしょにみたのが、いつのことだったか、ごろうはよくおぼえていない。それでも、えんそく、うんどうかい、おゆうぎかい、いもほりえんそく、そんなぎょうじごとのかのじょの、とびきりのえがおを、おぼえている。そういったぎょうじいがいで、いずみりつこのすがたをみたことは、ほとんど、なかった。というのは、ごろうは〈あじさいぐみ〉だったからだ。〈あじさいぐみ〉のとなりには〈ばらぐみ〉がある。そのとなりに〈たんぽぽぐみ〉のきょうしつがあって、〈たんぽぽぐみ〉のとなりがやっと、いずみりつこのいる〈すみれぐみ〉だった。だから、ふだん、ごろうが、いずみりつこのすがたをみることは、めったになかったのだった。

いずみりつこのえがおは、ほんとうに、とびきりのえがおだった。ごろうが、「アッ《あっ》」とおもって、とつぜん、たちどまるのは、いつだって、かのじょのえがおをみたときだ。かのじょのえがおは、いきなり、ごろうのめんたまのなかに、とびこんでくるのだった。

そのせいで、ごろうは、ころんでしまったこともある。

みぎのてのひらに、きずぐちがぱっくりひらいていた。ようちえんは、すなばいがいはコンクリート《こんくりいと》でかためられていたから、とてもいたかった。きずぐちのなかに、ちいさな、いし、がはいってしまった。すぐ、せんせいにいえばよかったのだが、せんせいをすきではなかったので、だまっていた。みぎとひだりのくべつをおしえるのに、せんせいたちは、「おはしをもつほうがみぎです」といっていた。ごろうはひだりききだったので、こんらんした。いし、がはいったから、これからは、いし、のあるほうがみぎ、とおぼえればいい、とおもった。

ところで、ごろうは、りつこちゃんのえがおのたびに、たちどまったが、それは、こい、というより、じょうけんはんしゃみたいなものだった。いつも、それは、いっしゅんのできごとだった。かのじょは、すぐ、どこかへきえてしまう。ごろうは、だから、たえずうごきまわらなければならなかった。そして、たえずたちどまらなければならなかった。

ごろうはまだ、こい、ということばを、しらなかった。かれがしっていたのは、ただ、いずみりつこ、というなまえだけだった。いずみりつこ、という、なまえは、ほかのひとのなまえと、ぜんぜんちがうようにおもえた。なんだか、このうえなくうつくしいひびきに、ごろうにはかんじられるのだった。


そのひは、きねんさつえいのために、ながいじかん、せいれつしていなければならなかった。ごろうは「ごろうくん、おちつきなさい」といつものように、〈あじさいぐみ〉のせんせいに、しかられた。しかられても、ごろうは、ずっと、そわそわしていた。とうとう、カメラマン《かめらまん》とうちあわせしていたもじゃもじゃパーマ《ぱあま》のとしよりのせんせいが「ごろうくん、うごいてる！　うごいてる！」とおおごえをだしてはしってきた。

ごろうは、ぴたっとうごかなくなった。

もじゃもじゃパーマ《ぱあま》のせんせいにげんこつをくらったからではなかった。ぜんれつのみぎはしに、うつくしいしょうじょのよこがおをみつけて、そのままうごけなくなったのだった。

そのしょうじょは、いずみりつこだった。

いずみりつこなら、いままでだって、さんざん、みてきた。しかし、きょうのいずみりつこは、いつものいずみりつことは、どこかがちがっているように、おもえた。それは、うっすらと、おけしょうをしているからだろうか。あるいは、とてもひとりではできないような（おそらく、おかあさんと、やったのだろう）、こまかなさいくをほどこした、そのかみがたのせいだろうか。それとも、がいけんではなく、ながく、みつめるという、このじょうきょうに、なれていないからだろうか。いずみりつこは、ピンク《ぴんく》いろのけいたいようのかがみをのぞきこんで、みつあみのかみをととのえていた。そのしぐさのひとつひとつを、かれはめでおっていた。

　ごろうのしせんをかんじたのか、いずみりつこは、たびたび、うしろをふりかえった。そのたびにごろうはあわててうつむかねばならなかった。いずみりつこではないおんなのこも、なんにんか、ごろうをみた。うつむいたくせに、ごろうはほんとは、かおをあげたくて、しかたがなかった。かおをあげて、いずみりつこと、みつめあいたかった。ごろうは、このときはじめて、じぶんのことをみてほしい、と、おもったのだった。ごろうは、こい、をしたのだった。

カメラ《かめら》のまるいレンズ《れんず》をゆびさして、ふとったカメラマン《かめらまん》は「ここみてください、ね。ここ、ね」としきりにどなっていた。ごろうはまんなかのれつのまんなかにいた。ごろうはくぎづけになったためんたまを、いずみりつこからはなすことができなかった。

さいさんのちゅういにもかかわらず、ごろうは、カメラ《かめら》のレンズ《れんず》にしせんをむけることはできなかった（むけてもまた、みぎはしに、しせんは、すいよせられてしまった）。そつえんしきのきねんしゃしんには、だから、いまでもそっぽをむいたような、へんなしせんのごろうが、うつっている。

さつえいがおわったちょくご、ごろうは、なぜか、はなぢをだした。ごろうのとなりにいた、ちいさなこづかくんが、きづいた。みんなは、ひなだんからおりかけていた。「はなぢだ～」と、ちいさなこづかくんはさけび、かけおりた。そして、まわりのえんじたちに、つぎつぎに、タッチ《たっち》して、「バリヤー《ばりやぁ》」といった。さいぜんれつにいた、えんちょうせんせいが「どれどれ」といって、ごろうのそばに、やってきた。えんちょうせんせいは、ごろうのはいごで、「こういうときは、くびのうしろを、トントントン《とんとんとん》と、たたけばとまるんじゃ」とだんげんし、じっこうした。しかし、とまるどころか、ますます、でた。のどにながれて、ちのあじがした。ごろうと、いずみりつこは、このとき、はじめて、みつめあった。かのじょは、とおくで、かれを、じっとみつめていた。かのじょが、クスッ《くすっ》、とわらったのを、ごろうは、みた。ごろうは、このばから、きえてしまいたい、と、おもった。そして、チョコレート《ちょこれえと》のたべすぎを、こうかいした。もう、とりかえしがつかない、と、おもった。

このこいは、けっきょく、きづかれないまま、おわった。たった、いちにちの、こいだった。

〈二〉

五郎は、小学生になった。一年生のときのことを五郎はあまりきおくしてない。それは、そつえんしきでの出きごとが、あまりにもきょうれつで、わすれがたかったからだった。五郎は、この一年かん、ひたすら、かこに生きていたといっていい。いずみりつ子はバスとでん車をのりつがなければならないようなとおくの、わたくし立の小学校にいってしまった。二人ははなればなれになってしまったのだ。学校からかえると、そつえんしきのしゃしんを見て、ためいきをつく、そんなまい日だった。

二ど目の、こい、をけいけんしたのは、よく年のことだった。五郎は小学二年生になっていた。

その日、家てい教しが来ることになっていた。五郎はすっかりわすれていた。学校から帰って、母親がのこしたメモをちゃんと見ればよかったのだが、おやつをほおばっただけで、すぐに外へ出かけようとした。ランドセルを自分のへやにおいてぼう子をかぶった。五郎はかいだんをかけおりた。

五郎は、キッチンのテーブルからもう一つ、チョコチップクッキーをとって食べながら、くつに足をつっこんだ。ドアをあけた。五郎は、何かにぶつかってしまった。

「はじめまして」

あい原夏みは、まっすぐげんかん先に立っていた。はんどうでたおれかけた五郎を、あい原夏みはだきよせた。かの女が五郎の家てい教しなのだった。

「びっくりしちゃった。インターホンおそうとしたら、きゅうにドアがあくんだもの」

そう言って、あい原夏みはクスッとわらった。五郎の頭から手をはなした。五郎はなぜか、後ずさりしていた。

「五郎くんね」

かの女の手がさし出された。

「よろしく」

かたごしに、あい原夏みのあまいにおいをかいだ。

えんぴつをもつ手がふるえた。

どうやってかいだんを上がったのか、どうやってへやに入って、ノートをひらいたのか、五郎はまったくおぼえていなかった。チョコチップクッキーがまだ口の中にのこっている。のみ下すと、聞いたこともないくらい大きな音が鳴りそうに思えた。五郎はべん強にしゅう中出来なかった。それはあい原夏みにしゅう中していたからだった。でも、かの女をまともに見れなかった。ずっともんだいしゅうを見つめていた。

「きんちょうしてたんでしょう」五郎のかたをかるくたたいて「来週がんばろうね」そう言うと、スカートをひるがえして帰ってしまった。

五郎はえんぴつをかべになげつけた。五郎はベッドにもぐりこんだ。ぜったいバカだと思われた。帰り道で大わらいしてるにちがいない。同じもんだいで同じ間ちがいをした。かの女が来る前に、べん強しとかなきゃダメだ。いやもうおそい。ぼくはもうきらわれてしまったにちがいない。

つぎの週、あい原夏みは五分おくれてやって来た。五郎は、自分に会いたくなかったから、わざとおくれたのだ、と思った。その日、五郎は一言も口をきかなかった。

あい原夏みは自分をさけている。

そのぎねんは、回をかさねるにつれて、ますます、ふかいかくしんへとへんたしていった。あい原夏みは五郎の手に手をかさね、「ほら、ここから、ここにいくし組になってるでしょ。わかるよね」と言った。五郎はこくんとうなずいた。図を見ているのではなかった。かさなったその手に、もう一方の手をかさねたいゆうわくと、たたかっていたのだった。しかし、あい原夏みはあっさりその手をはなしてしまった。

五郎は小さな頭で、何かよいだかいさくはないか、こわれたかんけいは、どうしたら、ふく元出来るのか、一時間い上も考えたが、けっきょく何もうかばなかった。

学校が夏休みに入って数週間後、あい原夏みは五郎の家に来なくなった。五郎はおちつかず、家の中をウロウロした。夏きこうしゅうから帰たくした姉に「うるさい」と言われ、けられた。五郎は自分のへやにもどり、親のけいたいの番ごうをおした。「何言ってるのよ、おぼん休みよ。学校のべん強がおくれ気みだから、ずっと家にこもりっきりになりそうって、言ってたわ。あの時は、五郎もいたじゃないの」

五郎はしょ中見まいを書くことにした。ならったばかりのかん字をくしして、たんじゅんな言ばにふかいいみをこめて出した。

へんじはすぐに来た。ハガキいっぱいに書かれた文字に、五郎はあそびにおいでという一文をきたいしていた。しかし、元気に休み明けに会おうネとそれはしめくくってあった。

五郎にはもう、どうすることも出来なかった。ふあんをかかえたまま、よく年をむかえた。

学年が上がって、その分かしこくなったということだろうか、五郎はある作せんを思いついた。

ある日、五郎は部屋を暗くして待っていた。

「五郎君?」

相原夏美はノックをした。

「いないの?……でもかぎかかってなかったし……二階にいるのかな」

ふしんそうな相原夏美の声を聞きながら、五郎はうなり声を次第に大きくしていった。五郎のうなり声を聞いて、相原夏美は部屋にとびこんで来た。

「ねつがある」

おでことおでこをくっつけて、相原夏美は言った。

「顔も赤いし」

相原夏美は手あつくかん病してくれた。五郎はうす目を開けて、見ていた。ずっと見ていたかったがむ理だった。カゼ薬を飲まされた五郎はすぐに、ぐっすりとねむりこんでしまったのだった。

夜、五郎は目ざめた。母親はビールを飲みながら、「夏美さん、わたしが帰たくするまで五郎のベッドのそばにいたのよ」といった。それを聞いて五郎は安心した。

「何かおくり物しなくちゃいけないなあ」そう言うと、母親は五郎に近づいてきた。

「何、これ。ヤダ、あざ？　ヤケドかしら」

五郎はおでこをおさえて、あわてて階だんをかけ上がった。

しかし、じょうきょうはこう転したわけではなかった。

その年の夏休み、おぼんをすぎても相原夏美は来なかった。五郎は落ち着かず、家の中をウロウロした。夏期こう習から帰たくした兄に「うるさい」と言われ、けられた。五郎は自分の部屋にもどり、親のけいたいの番号をおした。「研しゅう旅行でアフリカに行ってるわよ。地形がどうとか言ってたじゃないの。もうわすれたの。下じゅんには帰って来るって言ってたじゃないの」早口なので五郎にはよく聞き取れなかった。旅行というところだけは五郎にも聞き取れた。

「夏美さん、宿題たくさん出しといたって言ってたわよ。やってないの。やってないのね。兄さんや姉さんに見てもらいなさい。五郎、聞いてるの。それからあんまりこの電話にかけてこないこと。五郎、五郎」

五郎はエアメールがとどくのではないかと毎日ポストの中をのぞいていた。しかし、エアメールがとどくことはなかった。

相原夏美はよく年、そのアフリカとやらに、りゅう学して行ってしまった。

五郎には新しい家庭教しがつくことになった。五郎は新しい家庭教しが来るのを楽しみに待っていた。五郎は相原夏美みたいな人が来るものだと思いこんでいた。

もう前みたいなしっぱいはしないように、すでに教ざいの予習は終えていた。五郎は今か、今かとうで時計で何度もかくにんした。インターホンが鳴った。深こきゅうして五郎は受話きを取った。受話きを下ろした。いやな予感がした。

五郎はおそるおそるドアを開けた。

「よっ」

そいつは男だった。

この男は根っからのおしゃべりで、やたらとつばをとばした。しゃべる時にくねくねと動くのが気持ち悪かった。「ねえ聞いてる」が口ぐせだった。とても相原夏美の知り合いとは思えなかった。教え方が悪いわけではなかったが、年れいがはなれているせいか、言ってるじょう談がまるでわからなかった。五郎がだまっているとおこった。

その家庭教しは、間もなく五郎のし野から消え、音声だけのそんざいとなった。


〈三、四〉


三つ目の、こい、と、四つ目の、こい、は同時にやって来た。

それは放課後のことだった。五郎たち五組の男子はその日、校庭の周囲で遊んでいた。すでにメインのサッカーコートは六年生がじん取っていたし、通しょう〈もう腸〉とよばれている（五郎には意味がわからなかった）出っぱった場所は五年生がキックベースをしていた。カラフルなタイヤが半分地中にうまっていたりするようちな遊びスペースは下級生たちでうるさかった。したがって五郎たち四年生は校庭の周囲を利用するしかないのだった。校庭の周囲といっても、バカには出来ない。花だんもあるし（入ってはいけないことになっているが）、ウサギ小屋だってあるし（入れないが）、そう合すればサッカーコートにひってきするほどの面積はあるだろう。校庭の周囲はそれなりに広大で、油だんはきん物だった。五郎はどろぼうとして、つかまった仲間を助けなければならなかった。

五郎は、ウサギ小屋の後ろで様子をうかがっていたところで、とつ然、「五郎君、だよね」と、声をかけられた。にげようとして、女子の声だったことに気付き、ふり返った。そこには五郎の知らない、二人の女の子がいた。

一人は五郎より身長が高く、もう一人は五郎と同じくらいだった。二人のうち、せの高い方が「話があるんだけど」と言った。五郎は話をしているひまなどなかったのだが、ひじをつかまれて校しゃのうら手へ連れて行かれたのだった。校しゃのうらはけい察がうようよしているはずだが、そのことをうったえても、かの女たちは二人でコソコソと話をしていて、耳をかさなかった。

ふと見ると五郎と同じくらいの身長の女子は、うつむいていて何だかふるえているように見えた。背の高い方がしきりに「早く言っちゃいなよ」とひじでつついていた。リードしているのはさっきからずっと五郎より身長の高い女子で、うつむいている女子はまだ何もしゃべっていなかった。

しびれを切らしたのか、「あたし、五年二組のくげぬま愛加って言うんだけど、よろしく」と背の高い女子は言った。五郎は力んでしまい、みょうにかすれた声になってしまった。クスッと愛加が笑ったような気がして、五郎はうつむいてしまった。でもすぐ、顔を上げた。かたむきかけた太陽がまぶしかった。

「この子は、同じ二組のかたおかしおりさん」

愛加はしおりのせ中をおした。

五郎のし線は愛加から動かなかった。ぎゃっ光でまぶしかったが、五郎は直しし続けた。

しおりは「アノ、ヨロシク」とよろけたひょう子に言った。その声はあまりにも小さくて、五郎には聞き取れなかった。それきり、しおりは何もしゃべらなかった。

「ね、言っちゃいなよ。こうしていても、仕方ないからさ」

愛加が耳打ちする声は、すき通るようなくもりのない声だった。五郎は無意しきのうちに愛加の方にい動していた。しおりは耳打ちされるたびに、ウンウンとうなされたようにうなずくだけだった。愛加が代わりにしゃべろうとすると、そでを引っぱりいやがった。やがて、しおりは一人、走ってその場を去ってしまった。

「しょうがないなあ」

愛加は頭をかきながら言った。そして五郎をふり返って「しおり、すごくきんちょうしてたみたい」とかたをすくめた。「ごめんね。無理によび出しちゃって」

愛加はウィンクして、しおりの後を追った。

五郎は結局、ろう屋に入れられてしまった。

ろう屋には数人の見はりがついていた。見はりの一人である康典は、さっきからにやにやして五郎を見ていた。康典は「で」「で」「で」とくり返しながら、五郎に近づいて来た。

「で、五郎、どうするんだ」と康典は言った。

五郎には何のことかわからなかった。

けい察官の康典はつめより、どろぼうの五郎のかたをゆすった。

「とぼけんなって。愛の告白されてたじゃん女に。だれだよ、あの女。五年か。同じ学年じゃないよな。五年美人多いよな。なあ、だれにも言わないから教えろって」

また康典はこうも言った。

「あのねえ五郎君。あのうつむいてた女がお前のことを好きなんだぜ。告白ってのは、おうおうにして、もう一人の連れをかいして行われるのさ。おれの観察によるとなｏ今のはまさに、その典型だといえるぜ。だから告白といっても実さいには一言もしゃべらない場合だってあるわけだよ。さっきみたいに、ダーッてにげちゃうというわけだ。その〈にげ〉に自分の思いをこめているわけだね。また連れがいるといってもその女が代べんするわけじゃないのだ。ほら、ちょっぴりほのめかすだけだっただろう。すごくきんちょうしてたみたいって言ってただろ。それによって、五郎君、君はきょう味がわいたんじゃないかな。これらは全部、元々の仕かけであり、それ自体が君へのゆうべんな語りかけになっているのだ」

五郎には愛加の方がみ力的に思えてならなかった。しかしたしかに、五郎はしおりのことも好きになっていた。自分とにているような気がするのだった。かつての自分、いずみりつ子、相原夏美を前にして、何も言えなかった自分を、五郎は空しく思い出していた。しおりならばか去のつらかった日々を理かいしてくれるだろう。五郎はかたおかしおりの告白を受け入れようと思った。

五郎はさっそく五年二組の教室へ行って、しおりに伝えた。しおりは耳まで真っ赤にした。しおりは鼻血を出すのではないかと、五郎は思った。五郎がポケットティッシュをわたそうとするのをさえぎって、「エート、チョット、チョットチョット、チョットネ」などと言いながら、ろう下を走り去ってしまった。

「あれはね、喜びの表げん」

五郎のはい後で、愛加の声がした。

「さっきも話してたんだよ。昨日はいきなりだったし、気長にアプローチしていこうって。それが急にかなったもんだから」

愛加は、五郎が差し出したかっ好のままにぎりしめているポケットティッシュに目をやった。説明したが、愛加はよくわからないようだった。

愛加は近づいて下からのぞくように、五郎の目を見た。

「何か言いたそうな目をしてる」

五郎は目をそらした。

「言ってごらん」

そう言われたので、五郎は、愛加に告白した。

愛加は二秒間考えてから、「いいよ」と言った。


告白、という言葉を五郎は覚えた。しかし、こい、という言葉と同様に、五郎はまだ、ふたまた、という言葉を知らなかった。ふたまた、という言葉を知らないかれは、それがどんな結末をもたらすかも、当然、知らなかった。

かれは日々をおう歌していた。

かれは幸福だった。

ある日の午後、五郎はくげぬま愛加とデートの約束をした。待ち合わせ場所は動物園に決まった。愛加は「ハート型の顔してて、すっごくかわいいフクロウがいるんだよ」と五郎の耳元でささやいた。

日時は明日の、正午。

明日の正午……どこかで聞いたことがあると五郎は思った。待ち合わせ場所は動物園じゃなく、植物園だったような気がした。五郎の耳のおくから、かたおかしおりの声がよみがえって来た。しおりは「ハイビスカス」とくり返しささやいていた。

五郎はしおりともデートの約束をしていたのだった。

「まあ借金の返さいもとどこおってるし、引き受けるけど。かんようなのはいいけど、兄さんは無理するけい向があるよ、マジで。てゆうか、ダマされてんじゃないの、もしかして。てゆうか、おれがダマされてたりして。行ってみたらだれもいなかったり、とか」

弟は自分で言って、ばく笑した。

「バレたらどうすんの。バレてもちゃんとしはらってよ」

五郎の弟は、鏡の前で五郎の服に着がえながら、そう言った。

「どうせならおれ動物園が良かったけど。草なんか見たってつまらないよ」五郎の弟はまたばく笑した。「ふだんかぶらないぼう子かぶるのってちょう不自然」

弟はこうも言った。

「クツはおれのをはくかんね。兄さんのなんてやだかんね」

なんだかんだと不平をもらしつつ、五郎の弟はしおりとの待ち合わせ場所に向かった。弟がバス停へ向かうのをかくにんした五郎は、弟とは反対方向に、走り出した。

愛加はいつまで待っても待ち合わせ場所に来なかった。今から植物園に向かうわけにもいかなかった。

「だいぶコマ進めといたから」と帰って来るなり、五郎の弟はほこらしげに言った。五郎はその意味がよくわからなかった。弟は何度も湯船の中で「うまくいったよ」とくり返した。先に出ようとした時「写真とだいぶちがったね、実物は。たまげたよ」と言ったのが五郎は気になった。

よく日から、かの女たちは五郎が来るとあからさまにさけるようになった。五郎が追いかけると、それより速く二人は走った。

その後、しおりと愛加には、初めて受けた全国も試の会場でばったり顔を合わせた。「あらら」と二人は言った。そして顔を見合わせて、笑った。五郎が話しかけようと近づくと、さっさと階だんを上って行ってしまった。階だんを上りきったところで、チャイムが鳴り、五郎は教室にもどらなければならなかった。

それからもう二度と、かの女たちと、しゃべることはなかった。

三度目と四度目の、こい、は、こんなふうに、同時に終わったのだった。

〈五〉

小学五年生になってはや五週間目になろうという五月五日、五郎は初めて全国も試というものを体験した。家庭教師の男が「男なら一度は受けろ」としつこいので受験することになったのである。

結果はさんたんたるものだった。そのような結果を招いた理由は明らかだった。受験直前に、志織と愛加に会ったからだ。かの女たちから無しされて、五郎の心ははげしくみだされたのだった。まるで五郎をあざ笑うかのように、試験終りょうのチャイムが鳴りひびいた。

しかしチャイムというものは、見方を変えれば始まりの合図でもあるはずだ。例えば、その音は、試験の終りょうを告げているのではなく、試験終りょう後の自由な時間の始まりを告げている、というふうに。五郎のこいが終わりを告げたのなら、そのこいの終わりはまた、新しいこいの始まりの合図でもあるはずだ。そして、確かに、その通りであったのだ。

会場から出ようとしてぐう然、五郎は同じ五年五組の男子を見かけた。おどかしてやろうと思って急いでクツをはいた。変な結び方になってしまって、五郎はあせった。目の前を三人の女子が通り過ぎた。五郎はかがんだ格好のまま、その三人の女子を見送った。特に右側の女子を重点的に見送った。かの女たちはスリッパをぬいで重ね、ダンボール箱に入れた。そして五郎と同じようにかがんでクツをはいた。

夕方が間近にせまった午後の日差しは、ガラスのドアをつきぬけて、五郎の足元までとどいていた。ガラスにはヒビが入っていた。折れ線グラフのようなガムテープのかげが、スノコの上に落ち、さらに折れ曲がっていた。かの女たちが出て行くと、冷たい風が一しゅん、五郎の首の後ろをなでた。五郎は武者ぶるいをした。春といってもまだ、はだ寒かった。しかし、五郎の心の中は、ホットだった。なぜなら、五郎の心のうちに、小さな、こい、のほのおが灯ったから。

高学年といわれる年れいになった今でも、こい、という言葉を五郎は知らなかった。しかし、言葉は知らなくても、今では自分の感情をはっきり自覚することが出来た。五郎は、すぐに告白しなければならないことを知っていた。ほんの一しゅん、五郎は真ん中の女子にも告白するつもりになっていたが、すぐにそれはてい正した。経験が五郎をかしこくしていたのである。

五郎は手のひらを見つめた。手のひらには石が入っていた。右側の女子の横顔を思いうかべた。五郎はギュッとこぶしをにぎった。五郎はひもをきつく結ぶと、外へ出て行った。

五郎はバスに乗った。かの女はベレーをひざの上に置いた。細く開けたまどからの風に短いかみがなびき、白い額をやさしくなでていた。五郎は本当はこのバスに乗ると遠回りになるのだが、かの女たちの後を追って、思わず乗りこんでしまったのだった。

五郎は手すりにつかまって、これからの手順を考えた。

まず、よびかけるためには名前を知る必要があった。

五郎はチラッチラッと、バスの一番後ろをうかがった。

制服のむな元には、名前（名字）のきざまれたバッヂがゆれていた。五郎は何度か読み取ろうと試みたが出来なかった。きょりがあり過ぎて見えなかったのではなかった。その漢字を読むことが出来なかったのだ。それは六年生で習う漢字だったからだ。

もしかれが六年生だったら、《泉》とそれをはっきり読むことが出来ただろう。そして、それがわかれば、いくらかみ型や体型に大はばな変化が見られたといっても、かの女があのいずみりつ子だと、察しがついたにちがいなかった。いや、何もかれが六年生だったらとか、漢字博士であったらとかに関係なく、そもそも真ん中と右はしの女子が「いずみさん」とか「りつ子ちゃん」と、かの女のことをよんでいれば良かったのだ。しかし、真ん中と右はしの女子は、かの女のことを「ひよちん」とよんでいたのだった。ひよちんとよばれているのを聞いて、「久代」とか「久世」とか見当ちがいな名前を五郎は思いうかべていた。五郎の頭の中では、どうしても、りつ子ちゃんとひよちんは結びつかなかったのだった（ちなみに《律》も小学六年生で習う漢字だ）。

二人の女子は、自分のかみの毛をさわったり、いずみりつ子のかみにふれたりしていた。

「ひよちん、かわいいな（りつ子の頭をなでる）」

「この前までここまであったのに（むねに手をやり）、よく決心したね（指でちょきちょき切る真似）」

「美容師さんに、すすめられて。絶対似合うからとか言われちゃって（かたすくめて）」

「美容師ってどんな人なの？」

「ウーン、ふ通のお兄さんだよ」

「お兄さん（目、真ん丸）」

「男の人に切ってもらうの？」

「ん？」

「あたしのかみも、男が切ってると言えば言えるけど、近所のおじさんだしな」

「きん張しない？」

「しないよ。もう慣れたし（りつ子、自分でかみをさわる）」

「いいなあ、あたしなんかまだママに切ってもらってんだよ」

「お母さんならまだまし、まし。あの親父、口ひげがくすぐったいんだから」

「何かあぶない、それ」

「ちがう、ちがう。ひげがすげえ長くて、横に出っ張ってるの」

「キャハハハ」

「あこがれちゃうな（またりつ子の頭なでる）」

「あ、おりなきゃ（軽く、その手をどかす）」

いずみりつ子は、ベレーをかぶった。

五郎はあわててかの女の後を追ってこう車した。

かの女の家はようち園の近くにあった。いきなり立ち止まったので、五郎は何げなく口笛をふきながら、通り過ぎた。その時、表札を確にんした。

あの漢字は何て読むのだろうと気を取られていると、目の前の曲がり角から、いきなり、自転車が飛び出して来た。五郎は電柱に顔をぶつけてしまった。鼻血は出なかったが、口が切れて、血の味が口の中に広がった。

自転車はいずみりつ子の前で止まった。車体を低くかたむけて急ブレーキをかけた。地面に白い半円のあとが残った。かっこいい止まり方だ。五郎はかべに体をおしつけ、注意深く見守った。

その顔に、五郎は見覚えがあった。

小さな小づか君だ。

一度深こきゅうして、五郎は電柱のかげから、そっと、前方の様子をうかがった。小さな小づか君は、ようち園の時ほど小さくはなかった。今の五郎と同じか、もしかしたら大きいくらいだ。でもまちがいなく、小さな小づか君だ。「小づか君」とかの女のよびかける声も聞こえた。

二人は手をつないでいた。

五郎は、どうすればいいのか、まるでわからなくなった。

手をつないだ二人の輪かくが、二重、三重にブレて見え出した。五郎は自分の首がトントントンと強くたたかれていることに気がついた。ふりはらい、ふり向いたが、だれもいなかった。はるか後方で、園長先生が「や〜い」と言っているのが聞こえた。五郎は走り出した。走りながら、米つぶほどの大きさなのに、どうして園長先生だとわかったのだろう、と思った。どうして聞こえたのだろうと、思った。

五郎はいずみりつ子のことだけは思い出さなかった。りつ子ちゃんもまた、五郎のことを思い出すことはないだろう。

こうしてあっけなく、小学五年の五郎の、五度目の、こい、は終わったのだ。たった一日の、こい、だった。

混濁して、名付けようのない色にまで変色し、異臭さえ堂堂と放っている筆洗器の中を青年は覗き込んで、ゆらゆらと絶え間なく揺れ動くその濃厚な液体の表面に息を止めていられる間ずっと自身の顔を映し出していた。

青年が今、屋根裏の薄暗い画室を抜け出し、階下の洗面所にいることには、いささかの逃避も含まれていただろう。手元にあった絵の具が、いざ使おうとしたら、なくなっていた。青年にとってこれはまさに、完成を目前にしての痛恨の出来事だった。勿論、隅隅を隈無く探した。衣服さえ脱いだ。だが、絵の具は見つからなかった。たった一つだけ、黒の絵の具だけが、椅子の脚に潰されて中身を吐き出して残されていた。青年の指先にはべったりと絵の具が付着した。

青年は途方に暮れた。

描きかけの遠藤の横顔を塗り潰すにも、黒だけではどうしようもないし、塗り潰した後には薔薇を描くつもりでいるのだからなおさら、黒だけがあっても仕方がない。窓辺に差し込む午後の日差しの鮮やかな色彩を得るにはどうしても他の絵の具が必要なのだった。

ならば紛失した絵の具の捜索が青年の取るべき最初の行動であるのは自明のはず。だが、にもかかわらず、それがすぐには実行されずに、大幅な遅延を余儀なくされたのは、自分の鼻が見えるのが気になりだしたからだった。毛穴の黒い粒粒までが視野の中に入るのだ。

青年は結局、絵の具を見つけるにはまず毛穴の汚れを取る必要があるのではないかと思い至った。「毛穴の黒い粒粒」は多量に分泌された固形皮脂と古い角質細胞が毛穴に溜まり酸化したのが原因だ。そうなるとパック等で除去する必要があるという訳だ。青年は油壷の蓋を閉めた。そして早速、鼻パックをするために洗面所へと向かった。途中、妹に全裸姿を目撃されたのが痛手であった。

青年はTゾーンと呼ばれる部分を中心に念入りに洗顔した。それから顔を拭き、洗面台の脇の棚に腕を伸ばし、手探りでチューブを摑んだ。片手で器用に蓋を回し、**白色**の、絵の具状の物質を人差し指の腹の上に搾り出した。丹念に何度も何度も塗り重ねていたのだが、数分と経過しないうちに、本当にそれが**白**の絵の具であるという事実に気付かざるを得なかった。パックが乾き出すと鼻が締め付けられるあの感覚がいつまで経ってもなく、反対に、膨張するような気がしだしたからだ。**白**の絵の具で塗られた**鼻**は、洗面所の螢光灯に照らされてせりだしたようになり、視野の大部分を占めた。本物の鼻パックは青年の視野の外にあった。台の上に立って、なおかつ背伸びまでしなければならない程の作り付けの棚の一番上の買い置きの洗剤の裏側に隠されていたのだ。

実を言うと本物を買い置きの洗剤の裏側に隠したのは馬場だ。だが、青年はやっとのことで鼻パックを発見すると「妹に使われないようにここに置いたのだった」としきりに頷いてみせるのだった。

青年は**白**の絵の具を洗い流した後、本物の鼻パックを塗った。予想外に手間取り、早く乾燥させなければとドライヤーを取り出したのだが馬場の細工によって使用不可能にされていた。仕方がないので据え付け式の扇風機がある居間へ駆け出した青年は、到着を目前にして柱に激突した。全裸だったため下半身に激痛が走った。青年は呻き声をあげながらうずくまった。原因は絵の具だった。廊下に**橙色**の絵の具が落ちていたのだ。勿論これも馬場の仕業だ。蓋が外されており、勢いよく踏み付けた青年は飛び出た中身に足を取られたという訳だ。

視野を覆うことがないようにと極端に短く切った前髪の生え際からは二筋の**血液**が流れ出し、顎の先で**鼻血**と合流した。少し先の絨毯の上にまで無数の**滴**が飛び散っていた。漆黒の柱には**白**く**T**の形が付着していた。

もう一度やり直さねばと思い、熱を帯びて幾分膨張した鼻を手のひらを重ねて保護するように隠し、青年は洗面所に引き返した。廊下にはくっきりと**足跡**が残された。

青年は普段なら、剥がした鼻パックを時間をかけて熱心に鑑賞するのが習慣だった。両手で軽く引っ張り、裏面にぎっしりと直立した粒粒を見つめていると、それだけで我を忘れ幸福な気分に浸ることが出来た。何故だか分らないがずっと見続けていたい、と思うのが青年の常だった。だが青年は今、粒粒に我を忘れるどころではなかった。剥がした鼻パックを見ようとしても、**赤**という色に視線が奪われてしまうのだ。それは青年の**鼻**の色だった。

青年が屋根裏部屋に戻って来た時、寝台の上でひっくりかえっていたのは米田だ。米田は仰向けになったまま、一方の手で優雅に顎鬚を撫でており、もう一方の手で狐の形を作っていた。青年は自分の**鼻**の色に気を取られていたので米田の姿は見えていなかった。

白と**橙**の絵の具を脇に置いて青年は画架の前に立ち、二、三歩後ずさりした。油断するとすぐ**鼻**に引き寄せられてしまう視線をその都度画布に引き戻し、苦労して眺め続けた。矩形に切り取られた画面には、窓辺に佇む遠藤を中心にした屋根裏部屋の様子が描かれていた。小品ではあるが、窓辺の様子も窓の外も細部に至るまで丹念に描かれていた。「根岸病院」という看板の文字の書体までが正確に再現されていた。

まだ塗り潰されずに残っている遠藤は軽く右手を上げ、静かに微笑んでいた。唇の端に八重歯が**白**く光を反射していた。時間をかけて丹念に描いた肖像を塗り潰そうと決心したのは、屋根裏部屋に来たことさえない遠藤を、にもかかわらず全裸姿で描くという自分の行為が空しく思えて来たからだ。「実際に目に映る光景だけを描くべきだ」と青年は自分に言い聞かせた。

それならば視野の中に映り込んだ**鼻**を描かないという道理はないだろう。今もなお**鼻**が見え続けているのならいっそのこと、その**鼻**を堂堂と画面に描き込むべきだ。しかも**鼻**は**真っ赤**なのだから、手元にある三つの絵の具を何とか配色すれば不可能ではないだろう。**血液**を混ぜるとより一層効果があるかもしれない。だが実際筆を持つと、何を描けばいいのかは分かっているのに、それを描く場所が一体どこなのか、急に分からなくなるのだった。

試しに青年は右目を閉じて見た。**鼻**は視野の右端にある。今度は左目を閉じた。するといつの間にか、**鼻**は左端に移動している。読者諸君も是非試みてほしいが、これは当たり前の話だ。絵の具を筆に馴染ませたものの、両方の目を開けた青年は自分の**鼻**の正確な位置を決定出来ずに戸惑ったままだ。絵筆はいつまでも着地せずに、画布とすれすれの所まで接近してはまた離れてしまうのだった。

色白の腕は、**鼻**を描くべき場所をいつまでも探した。繰り返し視野を横切るので、その華奢な腕も思わず画面に描き込み始めようとして、慌てて中断した。そんな訳で青年はますます完成から遠ざかり、米田の姿も見失ったままだった。たっぷりと絵の具を含んでいた筆先は次第に乾きだし、粉粉になって青年の膝の上に落ちた。

いつまでも着地する場所を見いだせない筆先に苛立ちを覚え始めた青年は「アー」と無意味に言ったりした。青年は絵筆を放り投げ、寝台に乱暴に腰かけた。煙草に**火**を点けた。青年の視線は何気なく**煙**の行方を追った。そしてそのまま窓の外を眺めた。眺めたその目を一瞬、疑った。**煙**の立ち込める中、すうと窓の外を横切ったのは根岸と板倉だったのだ。根岸と板倉は「ごほんごほん」と激しく咳き込みながら抱き合ったままの格好ですぐにカーテンの陰に消えた。風が吹き、カーテンがめくれると根岸も板倉も同時によろめいた。空中だし、当然「落ちる」と青年は思い、身を乗り出した。思わず手のひらを出しかけたのは、手のひらの上に載る位の大きさに見えたからだが、小さく見えるのは遠くにいるせいだと思い直し、すぐに引っ込めた。根岸も板倉も落下しなかった。青年は寝台に腰を下ろした。彼らは空中に浮いていたのではなく、根岸病院の屋上にいたのだった。

　青年は窓に近寄った。視野は全て外の光景で埋め尽くされた。根岸病院の屋上も看板も、鋼鉄製の市庁舎も、五重の塔も、折り重なった団地も、それらを区切る路地も、工場の煙突も、全く動く様子を見せないその煤煙も、横に伸びる古墳の森も、雲に覆われた低い空も、それらの光景の全てが青年の一視野に収まった。その中に赤色は見当たらなかった。つまり、柱に打ち付けて腫れ上がった鼻に見えなかった手で鼻の辺りを触れてみても指先がぼやけて見えるだけだ。勿論、鼻がなくなった訳ではなかった。また場所が移動した訳でもない。現に青年の指が鼻の肌触りを感じていることからも、それは確かだった(指は油でぬるぬるしていた)。要するにただ、視野の中に映らなくなっただけなのだ。

　青年は絵筆を握り、根岸病院の屋上にいる根岸と板倉の姿を描き始めた。青年は、根岸と板倉は相撲を取っているのだと思い込んでいた。二人が予備校の休憩時間によく相撲を取っていたのを見ていた記憶があったからだ。休憩時間が終わっても延延とそれは続いた。飛び散る汗とともに、**流血**が見られることも珍しくなかった。名前の最後に「関」をつけてお互いを呼び合っていることや、手作りの廻しをしていることを除けば、相撲というより格闘技と言った方が妥当だろう。そして今もまた予備校の休憩時間と同様に、根岸が上になり、転がってすぐに板倉が上になり、首を摑んで立ち上がり、足をすくい取り寄り切る、といった動作を繰り返していたのだ。だが次第に、根岸病院の屋上は怪しげな展開を見せ始めたのだった。

屋根裏部屋の内部と同じ色の空を背景に、**赤**という色が不意に青年の視野に登場した。いや、少し前から視野に映っていたのかもしれない。最初、青年は再び鼻が見え始めたのだと思った。だがその**赤色**は鼻ではなく先程言った**流血**の**赤**だった。根岸と板倉の**血液**が滴り落ちているのだ。だったら青年にも見慣れた光景だ。だが**緑色**が見えるというのは何故だろうか？　板倉は両腕を摑まれていたがそれは根岸の耳を引っ張っていたためで、腕を噛み付かれてようやく、根岸の耳を離した。根岸の耳は**緑色**に変色していた。**緑色**は板倉の顔にも点点と飛び散っていた。**緑色**が溶け出した後に見えたのは薄汚れた肌色だった。溶け出した**緑色**は紙オムツを流用した手作りの廻しの中に流れ込み大きな染みを作った。密着し、もつれあった二人は屋上をくるくると移動し続けた。**赤色**と**緑色**のまだら模様は徐徐に混じり合っていった。

柵の間を簡単に摺り抜けてしまい、危うく落ちてしまいそうになった時、ようやく根岸は板倉の腕を離した。根岸の両方の手のひらには**紫色**がべったりと付着していた。根岸は**両手**を見つめた。突き出したままの格好の板倉の**紫色**の**腕**からは**紫色**

の滴が滴り落ちていた。

根岸病院の屋上で昼日中に裸の肌を重ね合わせている根岸と板倉から緑や紫が見え始めた理由は青年にも分からなかった。事態は流血どころではないということだけは察しがついたし、駆けつける理由としてはそれだけあれば十分だと思えた。青年は画室を飛び出したが、すぐに引き返して来た。素っ裸だったからだ。急いで服を着て再び画室を飛び出した。画室には米田が一人残された。

急いで飛び出したものの、青年は玄関先で立ち往生していた。幾ら探しても見つからないので癇癪を起こし、薄暗く見える台所に向かって「スケボーどこ！」と叫んだが、返事はなかった。青年は履いた靴を紐も解かずに無理矢理脱ぐと付近を探し始めた。裏庭にも寝室にも母親の姿はなかった。妹もいつの間にかいなくなっていた。「また合コンか！」と独りごちた。ということは今、家にいるのは青年と米田の二人だけという訳だが、米田がいても何の役にも立たないのは明らかだった。それにそもそも、青年は米田が画室にいること自体を知らないのだ。青年は諦めるしかない訳だ。青年は再び靴を履いた。青年はやたらと坂道が多い根岸病院まで徒歩で向かうしかなかった。

予想外の早さで到着したのは「やたらと坂道が多い」と思っていた根岸病院まで

の道程に対する青年の認識が全くの誤りであったためだ。坂道は一つもなかったし、根岸病院は青年の家の四軒先に建っていた。それに、思っていた程、大きな建物でもなく、総合病院でもなかった。小さな耳鼻咽喉科の医院だった。看板には「根岸医院」と書いてあった。

低い建物だから当然、屋上にもすぐに出た。誰もいなかった。屋上に根岸と板倉の姿はなかった。ざらざらしたコンクリートの所所に**赤**と**緑**と**紫**の足跡が残されているだけだ。

背後から賑やかな声が聞こえて来て、青年は振り向いた。

振り返った青年の視野の隅に屋根裏部屋の画室の窓が見えた。青年はさっきまで屋根裏部屋の窓越しにこの根岸医院の屋上を見ていた訳だから、反対にここから屋根裏部屋が見えるのは当然だ。不思議でも何でもない。ただ青年が納得出来なかったのは、自分の画室に米田が何故いるのかということだ。米田は寝台にうつ伏せになって時折大きな弧を描くように雑誌をめくり、優雅に顎鬚を撫でていた。

屋上をさらに左へ移動して行くと見えて来たのは堺の横顔だ。青年の画室に入り込んでいたのは米田だけではなかったのだ。堺は妹と話していた。青年は、堺は妹を目当てにしているのかもしれないと思った。だが妹については青年もそう思っていないとは言えなかった。青年は目を逸らした。窓辺には薔薇が花瓶に生けられて並べてあった。青年が屋根裏部屋を出た時にはなかったものだ。その薔薇の異様に長い茎を揺らしているのは遠藤の指先だ。背中を向けているので青年は遠藤の顔を見た訳ではなかった。カーテンが揺れ動く度にちらちらと見え隠れしているのは根岸と板倉に間違いない。画室の薄暗がりではなかったのだ。真っ黒に汚れた姿が薄暗がりに溶け込んでいただけだったのだ。がっぷり四つに胸が合った格好の二人は、少しも動く気配を見せなかった。

遠藤であることが分かったのはその声が聞こえたからだ。遠藤は屋根裏部屋の奥に向かって「ここでいいのか？」と怒鳴った。すると薄暗い部屋の奥からは「左！もっと左！」という神経質そうな声が返って来た。それは青年の声だった。だが青年は自分の声だとは思わなかった。

三か所の二人

世界にはおなじ容姿の人間が三人いる!

だれもがそれを知っている。だけど、だれひとりとして実際には見たことがない。そのことに人々はもっと驚いてよい。まわりを見渡してみよう。そこにははたして、おなじ容姿をした人物が見つかるだろうか? まず、見つけることはできないと思う。視野に入るのは、いつもいつも、ちがう顔つきの人間ばかりのはずだ。どうしていつも、ちがう顔つきの人間ばかりなのかというと、それは、おなじ容姿の人物を遠ざける性質が働いているせいである! 逆にいうと、人間には、異なる容姿の人物を身近に配置する性質が備わっているということである! 人間のこのような性質については案外知られていない。これは人間にもともと備わっている先天的な能力の一つといえよう(昆虫や動物は持っていない)。ともあれ、視力の届かない、遠く離れた場所でしか、おなじ容姿の人物は見いだし得ないのだ。それは、まるっきりおなじ外見を持つ三人の人物は、ただ想像の中でだけ出会うことが可能なのだ、ということと、まったくおなじことだ。

もちろん右に述べたことはあくまでも外見だけを問題にしていると、強調しておく必要があるだろう。サチ子とソックリな外見を持った女子があと二人いるといっても、サチ子本人はただ一人きりしかこの世界にいない。そのことにかわりはない。

残りの二人はサチ子本人とは何の関係もない。その残りの二人はまた、サチ子本人とまったく関わりがないだけでなく、サチ子のファンクラブに所属する男子にとっても何の関係もなかった。自分はサチ子のファンクラブの会員なのであって、いくらその容姿が似ていても、サチ子以外の女子になど何の興味もないのだ、と彼らサチ子のファンクラブの会員たちは思っていた。

木曜日の午後八時をすぎたこの日、彼らサチ子のファンクラブの会員は、いっせいに、あしたの予習にとりかかっていた。

この行動はサチ子の木曜日のその時間の行動と、まったく同一のものであった。半年にわたる綿密な調査の結果、サチ子の曜日別行動パターンを正確に割りだすことが可能になったのである。簡略に触れておく。このあと、九時四五分に予習を終えると、サチ子はパジャマをタンスから取り出し（毎週月曜と木曜の夜に新しいパジャマと取り替えるのである）、トイレへ行き、洗面所で歯をみがく。歯を三分間かけてみがいているうちに、一〇時をすこしすぎる。口をゆすいで、バスタオルとパジャマを持って脱衣場に入るのが一〇時五分。フロから出るのが一一時三〇分。いささか入浴時間が長すぎるようだが、これはサチ子が湯船につかりながら読書をしているからである。ファンクラブの会員は全員男子であるため、当然、フロは大嫌いである。トシ夫などは入会前は三日ごとの入浴（それもシャワーのみ）が常だったというから、毎日、しかも約一時間三〇分もの入浴など想像することすらできなかっただろう（それが今では苦にならないどころか、紀州備長炭を入れて湯船の水をマイナスイオン化したりハーブの入浴剤を独自に調合したりして、サチ子をしのぐほどのフロ好きになっているのだった。そのせいか最近のトシ夫の肌はやけにツルツルしている）。

さて、フロから出たサチ子がベッドに入るのは一一時四五分である。ベッドの中で日記をつけて午前〇時一五分には消灯する。これまた中学生にしては早すぎる就寝時間だと思われるかもしれない。これには事情がある。毎週月・水・金の朝は部活動の早朝練習があるのである。ファンクラブの会員たちはサチ子とおなじ部活ではなかった。というのはソフトボール部は女子だけしか入部できなかったからである（彼らは何度も土下座をして顧問に頼み込んだのだったが、聞き入れられなかった）。しかたがないので彼らは野球部にそろって入部した。せめて似ている部活に入ろうと思ったわけである。けれど、その選択は結局、裏目にでてしまったといわざるを得ない。ソフトボール部と野球部は校庭のおなじ場所を使用するので、練習日を完全にズラしていたのである。ソフトボール部が校庭にいるときは、野球部は屋内で筋力トレーニングをしており、野球部が校庭を使っているときは、ソフトボール部は土手沿いを走っているのだった。毎週、月・水・金がソフトボール部の朝練なら、野球部の朝練は火・木・土だった。せっかくサチ子にすこしでも近づく目的で野球部に入ったのに、そのためにかえって、サチ子から遠ざかってしまったわけだ。それでも会員たちは、金曜日の早朝五時三〇分に目を覚ますために時計をセットするのであった。会員たちは毎夜目を閉じながら思うのだった。夢のようだ、と。まるでサチ子のすぐそばで、一緒に生活しているようだ、と。

だけど木曜日のこの日、午後八時をすぎても、サチ子はまだ自宅に戻っていなかったのである。

サチ子は学校にいた。正確にいうと、ちょうど今、敷地内に入ったところだった。

サチ子は息を切らしていた。サチ子が息を切らしていたのは、ここまでくるのに走ってきたからである。当然、発汗していた。自分の匂いは、自分自身ではなかなかわからないものだ。サチ子もサチ子自身の息や汗の匂いに気がついていないのだが、それはもう、この上なく甘く、しかもさわやかな香りがするのだった。けれどサチ子はまったく惜しげもなく、ハンカチで汗をふきとってしまうと、ひどく重たい上に錆びついた校門をやっとのことでもとどおりに閉めた。そして手のひらを軽くはたいた。細くしなやかなその指はここ数日の乾燥注意報にもかかわらず、十分に保湿されていてすこしも荒れた様子はなかった。それは手入れをかかさないからである。シットリしているのにベタつかないといった感じだ。

ところで、サチ子はどうしてこんな時間に学校まで息を切らして走ってきたのかというと、職員室に用事があったのである。職員室は校舎の二階にあって、そこだけは明かりがコウコウと灯っていた。サチ子は職員用の玄関（この時間はここしか開いていない）へ向かって駆け出した。だけど、すぐに立ち止まった。生地の薄いカーテンに大きく二回、何かの影がゆれたのである。巨大な蛾がカーテンに張り付いている！　サチ子はそう思った。すぐにサッと影は消えてなくなった。影が動いたのではない。明かりが消えたのである。

サチ子は深呼吸をした。そして自分にいい聞かせた。あれは組み合わさった両手のシルエットだ。待ちくたびれた小池先生が影絵遊びをしているのだ。そう思って肩の力を抜いた。でも、それなら、明かりが消えたということは、小池先生は、サチ子はもうこないと判断して、帰ることを意味するのにちがいない。急がなくちゃ、とサチ子は思ってふたたび職員用の玄関を目指して駆け出した。職員用の玄関の前でサチ子の姿は一瞬、ガラスのドアに映り込んだ。押し開けて校舎の中に入り込むと、サチ子の姿はまったく見えなくなってしまった。キシんだ音をたててゆれていたガラスのドアはしばらくして停止した。そして、ふたたび校庭の暗闇を映しだした。

当然のことだが、サチ子が校舎の中に入ったことを、ファンクラブの会員のだれ一人として知るものはなかった。サチ子は今頃、毛足の長い桃色の絨毯を敷いた三つ重なったたればんだの置かれた南向きの勉強部屋にいると思っていたからである。サチ子も今頃こうやって、カルピスを机の右端に置いて、ときおり自在に曲がるストローの首をいじったり氷をかきまぜたりしながら、あしたの予習にとりかかっているのだ、と思っていたのである。

彼らは声変わりした声をできるかぎり高くふるわせて教科書を朗読していた。それはなるべくサチ子の声に近づけようとの努力であった。彼らの努力はそれだけにとどまらない。カルピスを右端に置いたことからもわかるように、ファンクラブの会員は全員、左利きである。だけど彼らの訓練の成果は、正確には発展途上だというべきだろう。彼らはまだ十分に左利きではない。すぐに気がつくのは筆跡が正確ではないことである。とくに筆圧が高くなるのが問題である。サチ子は下敷きをしなくてすむほど（実際にしていない）薄く書くのが常だった。筆圧が高いということは、たとえば右側にめくっていくノートのばあい、左側のページに書くのはよいとしても、右側のページに書くとその下の紙に文字が写ってしまうといったような弊害があるのである。だからといって下敷きを使うわけにはいかない。というか、彼らは一枚の下敷きも持っていない。サチ子が持っていないのに、ファンクラブの会員が持っているわけにはいかないからである。するとこれはもう、慎重にやるほか道は残されていないわけだ。だけど、それはそれで、問題がないとはいえない。慎重であることを重視するあまり、かえってリキみすぎてしまい、何もしていないはずの右手がいつのまにか勝手に動いてしまっていたりするのである。実際に今、ミツ雄とヨシ男は絨毯を雑巾でセッセとふいているところだった。別段あわてた様子もみせず（すでに二人とも何回もこぼした経験をもっていたからである）、たんたんと慣れた手つきで、軽くたたくように（強くこするとかえってシミがひろがって跡が残ってしまうから）ヒョウタン型のカルピスのシミをふいていった。これは汁物をこぼした際にサチ子が見せる行動を踏襲したものである。ミツ雄とヨシ男は膝をついてもくもくと作業をした。あまりにも熱心にやりすぎて、ミツ雄は引き出しの取っ手に頭を強くぶつけてしまったほどであった。

ミツ雄とヨシ男は、ほぼ同時刻にその作業を終えた。もう一度作り直すためにカルピスの原液を冷蔵庫から取り出したのもほとんど同時だった。客観的な立場から正直にいえば、これではサチ子と行動を共にしているようにはまったく見えない。むしろミツ雄とヨシ男が行動を共にしているのだといえよう。とはいえ、そのほかの会員たちにしても、サチ子と行動を共にしているとはいえないのは同様であった。サチ子は今、自宅で予習をしているのではなく、校舎の中を歩いているからである。

来客用のスリッパを履くと健康的にほっそりと引き締まったふくらはぎを交互にはねあげながらサチ子は職員室へ向かって歩き出した。途中で小池先生とすれちがうはずだと思っていた。けれど、薄暗い廊下の奥を見つめても、人が歩いてくる気配はなかった。細くしなやかなささくれのない指でしっかりと手摺りにつかまりゆっくりと階段をのぼっても、小池先生はおりてこなかった。職員室には鍵がかかっていた。明かりは消えていて、耳を近づけても中に人のいる気配はしなかった。反対側の階段からおりたのかもしれないと思って、駆け出そうとしたサチ子は、不意に立ちどまった。そしてふたたび足を前に出しかけて、やはり立ちどまった。泣き声が聞こえたのだ。

それはシクシクとすすり泣く声だった。サチ子はしばらく迷っていたが、何か決心でもするかのように、口許をキュッと結んで非常に可愛らしくコクリとうなずくと、ゆっくりと階段をのぼりはじめた。三階から聞こえてきたと思ったのに、その声は反響していてさらに上の階から聞こえていた。四階に行くとそのさらに上の暗闇の中から聞こえていた。サチ子が歩を速めると足音が立ち、たちまち反響して泣き声は不意に圧し殺したように聞こえなくなった。

――やっぱり、戻ってきてくれたんだね！

まだ声変わりしていない細く幼い声が、サチ子の頭上から聞こえてきた。

――だれ？　いったい、何してるんですか、そんなところで。

周囲の大部分が暗闇に包まれているのにもかかわらず、すこしの恐怖も感じずに（とはいえ、いわゆる勇敢さとはまったく異なるノンビリした口調で）サチ子はそういった。もしここにサチ子の容姿にひかれてさっきからずっと後をつけていた人物がじつはいたのだとしたら、サチ子のこの言動をいささかトッピなものとして受け取るにちがいない。彼は思うだろう。こういうばあい、ふつうなら逃げ出すのではないだろうか、と。あるいは、逃げ出さないまでも、しばらく様子を見て、危険ではないことを確かめてから応答するのが常識ではないだろうか、と。

サチ子はしばしば周囲から〈天然〉だといわれていた。周知のように、このばあい〈天然〉という言葉は特殊な使われ方をしている。いわゆる人工と対比される天然ではない。独特な感性の持ち主とでもいうべきだろうか、あるいはある種の純粋さといえばいいだろうか。どちらも全然ちがう気がするが、いずれにせよ、その言葉の意味は正確には把握できないにもかかわらず、ある共有されたニュアンスで、頻繁に使用されている。しばしば意識的に〈天然〉といわれることを望んだり、わざとそういわれるような行動をとる人々も存在するほどだ。もちろんそこにはサチ子のファンクラブの会員たちも含まれる。

声の調子が変わった。それは架空の人物を装ってだれだか悟られないようにしようという幼い工夫であった。だけどそもそもサチ子はこの男子の声に聞き覚えがなかった。その工夫はまったくの取り越し苦労だったわけである。それどころか、声をだすことで所在をさらにあきらかにしてしまっていたのである。その声は屋上から聞こえてくるようであった。サチ子は階段をゆっくりとのぼっていった。

その小さな細い影は、校舎と屋上をへだてるドアの手前でふるえていた。雲間に隠れていた月の明かりが斜めにサッと差し込むと、そこにいるのが膝を抱えてふるえている一人の男子であることが判明した。その男子はなぜか、衣服を身につけてなかった。サチ子はあわてて両手で両目を隠した。

——こないで、どうかこないで。どうか、ぼくを放っておいてください。

そういいながら、この全裸姿の男子はまたすすり泣きはじめた。

膝を抱えてすすり泣いている小さな影、いや、もはや影ではなくクッキリとした輪郭をもった男子を、サチ子は指の隙間から見つめていた。サチ子の年頃からすれば、異性の身体に興味を持つのは自然なことである。このばあい、恥ずかしがらずによく知ることが何よりも大切だ。異性の身体のどこに何があるのか、異性の身体がどんな機能をもち、自分の身体にどのような影響を与えるのか、十分に知っておかなければならない。アイマイに接していると取り返しのつかない事態に陥りかねないからである。心は未発達でも身体はすでに立派な大人なのである（江戸時代であれば一人前の武士として扱われるのである）。そういった記述は保健体育の教科書のどこかに書いてあるはずである。だとすればこれも、ある意味で予習ということになるのだろうか？　はからずもファンクラブの会員たちは、サチ子と一緒の時間に、いつものように予習をしていることになるのだろうか？　そうみなすことも、あながち不自然ではないだろう。だけど、それは現在ファンクラブの会員たちがそろって取り組んでいる予習とはまるでちがうといわねばならない。彼らがやっているのはあしたの国語の予習なのである。保健の予習ではないのだ。ちなみに保健の授業は、来週の水曜日の体育（実技）が雨で中止になったばあいだ。

膝を抱える裸体の男子。指と指のあいだから見える、この奇妙な光景に、サチ子はとまどっていた。だけど、そのとまどいは持続することはなかった。確かに奇妙ではあるが、ある意味でわかりやすい要素だけで成り立っているといえなくもない、と思ったためである。はじめサチ子は、趣味として一人で服を脱いでたのしんでいるのだろう、と見当をつけた。そうでないことはすぐに判明した。脱いだはずの詰め襟の制服や下着などが、いっさい見当たらなかったからである。このことからサチ子は、かつてこの場所にもう一人いたのだという仮説を導きだした。その人物が持ち去ったのだと、そう思ったのである。サチ子は顔から手のひらを離すと、最近ふくらみはじめた胸元で腕を組んだ。そうして全裸姿の男子をジックリ見つめながら思案した。すると、おぼろげながら、その人物の姿が浮かび上がってくるようであった。やがて何か思いついたらしく、サチ子は何度かうなずいてみせると、全裸男子に向かって確信をもって語りかけたのだった。

——きれいなものって私も好き。だから、彼女の気持ちはよくわかるんだけど……

いったい何を想像したのだろうか？　もし、おなじ条件を与えられて推理していた人物がサチ子の隣にいたとしても、サチ子が何を想像したのかまでは、推理できないにちがいない。当の全裸男子自身にもそれはサッパリわからないのだった。

——彼女？

——彼なの？

すぐさまサチ子はそう問い返した。全裸男子は否定しようとして腰を浮かした途端、悲鳴をあげた。なぜかわからないが勃起してしまったのである。理由のない勃起はこの時期の男子には頻繁に起こることで、驚くに値しない。ただこの男子にとってはじめての経験だったにすぎない。悲鳴はいつのまにか泣き声に変わっていた。サチ子はハンカチを投げた。サチ子は涙をふくためにハンカチを貸したつもりだったのに、その男子は自分の下腹部に置いた。サチ子はそのことには気がつかず、背伸びをして窓越しに満月を眺めながら「だけど、ふしぎ」とつぶやいた。そしてさらに次のようにつけくわえた。

——見るところがこんなにもちがうなんて……彼女（彼？）はもうじき気づくと思う、制服に秘密が隠されているわけではないんだってことに。だから、さっきあなたがいったように、彼女（彼？）はここに「戻って」くるのはまちがいないけど、こんな時間まで気づくのが遅れているのなら、あるいはあしたになるかもしれないし……

——誤解だよ。その想像は、最初の最初からまちがっています。

サチ子がいったいどのような推測をしているのか、具体的にはわからないままだったが、まったくの見当外れであることにまずまちがいないので、全裸男子は強く断言した。

それに対してサチ子は納得がいかないとでもいうように振り向くと、ツカツカと男子に近づいて行った。サチ子はキュッとしまった腰に手をあて、キビシく糾弾するように指さした。

——それならどうして、あなたはそんな格好をしてるの？　こんな時間に、こんな場所で、いったい何をしようとしているの？　アッ、私のハンカチ、そんなところに置かないでよ！　あれ、なんでテントみたいに浮いてるのかしら。そうか、手品ね。私を驚かそうとしているね、悪ふざけはよくないよ。悪ふざけするならハンカチ、返して。

サチ子はハンカチをギュッと握った。全裸男子は「イタイ！」と叫び声をあげたが、すぐにサチ子の悲鳴にかき消された。全裸男子は痛みをこらえながらサチ子に向かって両手をのばして「し、しずかにして」とかすれた声でいった。ハンカチは床に落ちていた。

――ぼくがここにこうしているのは、つまり……

全裸男子はそれまでの事の次第を説明しようとしたが、その途端に激しく咳き込みはじめたのだった。

もしサチ子がいつもの木曜日と変わらずにすごしていたのなら、サチ子は今頃、貧弱な裸体をさらした男子のゲゴッゲゴゴッという激しい咳き込みではなく、物が物にぶつかる音、それからときおり、物が割れる音を聞いているはずだった。物音だけではなく、激しい言葉のやりとりも聞き取れるはずだ。それはサチ子の両親の声である。サチ子が全裸男子と向き合っているちょうどそのとき、夫婦ゲンカの真っ最中だったのである。

裏庭に面した寝室の出窓が勢いよく割れ、その拍子に、出窓の内側に並べてあった観葉植物の鉢が吹き飛んだ。そこが裏庭でだれもいなかったからよかったものの、人がいれば大ケガをしていたにちがいない。裏庭の湿った地面に突き刺さった大量のガラスの破片に寝室からの明かりが反射していた。

割れた窓から激しい言葉のやりとりが聞こえていた。その一部始終は窓を開けていた隣近所の家の中に、しっかりと流れ込んでいたのだった。

それは予習を続けていたテル男の耳にも、さっきから聞こえていた。サチ子の両親の声だとすぐにわかった。何度も電話で聞いたことがあったのである。だけどテル男は両親のどちらとも会話したことはなかった。相手が名前を告げたところでいつも切ってしまっていたからである。テル男は、勉強のジャマだなと思った。そして続けて、近所メイワクだなとも思った。テル男は教科書の次のページをめくろうとして、ふと手をとめた。メガネのブリッジを人差し指で押し上げた。自分は今、勉強のジャマだなと思い、近所メイワクだなと、まちがいなく、そう思ったところだ。これらの思いは自分のものであると同時に、サチ子のものではないだろうか？そうはいえないだろうか？　なぜならば、サチ子も今頃この騒音を聞いているからだ。サチ子もやはり勉強のジャマだなと思い、近所メイワクだなと思っているにちがいないのだ。だとすると、この騒音もまた聞き逃すわけにはいかないのだった。

テル男はキレ長の目で窓を見つめた。

——俺は何もしてないったら。

——じゃあいったい、何をしてらっしゃったんですか、あそこで。

──まあ待て。まあ、待って。そんな大声を出さないで。近所メイワクだからさ。

──聞こえたってかまうもんですか。

──あれは結局、タンスの上の貯金箱が床に落ちていただけだったんだよ。ずいぶん端に置いてあったからいつかは落ちると、気になっていたのだよ。私がタンスの前で腰をかがめていたのはその貯金箱を拾うためで、おまえの想像とはまったく異なるものだ。おまえは誤解しているのだよ。

──そのポケットから手を出してください。

──自分がどんなにくだらないことをしゃべっているのかわからないのかな。

──ポケットから手を出しなさい。

──あくまでも恥をかきたいというわけだな。

──ポケットから手を……

──ほうら、どうだ！　私は何も持っちゃいないよ。

──……

──これで満足なのだな。おまえは恥をさらしたかったわけだ。ずいぶん高い代償を払ったものだな。これからの夫婦生活をいったいどうするつもりかな。

──やっぱりふくらんでいる……

——やっぱりなんだ？　もうそろそろその居丈高に上げた太い腕はおろすべきだぜ。

——ポケットがふくらんでいるじゃないか。

——何をまたいいだすのだろうか、この女は。

——ポケットがふくらんでいる、こんもりと。

——ハンケチが入っているんだ。

——それだけでこんなにふくらむものですか。

——鼻をかんで丸めたままだからだ。

——それにしてもふくらみすぎです！

——ふくらむふくらむって、しつこいなあ。おまえの鼻の穴こそふくらんでいるぞ。いったい何を興奮しているのか、サッパリわからん。これはハンケチだ。ハンケチと、そうだ、スカーフだ。スカーフを突っ込んだのを忘れていたよ。きょうは本当に暑かったからな。

——それならハンカチとスカーフを出しなさい。

——……

——さあ、ハンカチとスカーフを出しなさい。

——おまえもいつも見ている平凡なもので、わざわざ見る必要などないよ。

——さあ、さあ。

——……

——さあ、さあ、さあ。

——このオレを手品師にしようってのかよ。

サチ子の父親の吐き捨てるようなセリフがあたりに響いたあと、しばらく沈黙が続いた。強い風が吹き込み、レースのカーテンが激しくめくれ上がった。小柄なサチ子の父親の細い手首をその妻の大きな手のひらが壁に押しつけていた。父親が握っていたのは女物の下着だった。それはまちがいなくサチ子が最近購入したばかりのフロントホックタイプのブラジャー（Aカップ）だった。

耳をすましているテル男には、サチ子の父親がサチ子のブラをポケットから出したことまではわかりようがなかった。ただ、おそらくハンカチとスカーフではないらしいということはわかった。また、テル男は父親のいっていた「タンスの上の貯金箱」というセリフが気になってもいた。この「貯金箱」がサチ子の部屋のタンスの上に置いてあるソフトビニール製のガーコの「貯金箱」を指しているのか、両親が今いる寝室のタンスの上にある50万円貯まるＢＡＮＫと書かれた「貯金箱」を指しているのか、区別がつかなかったからである。テル男はまたメガネのブリッジを押し上げた。もっとよく耳をすませばわかるようになるかもしれないと思い、窓を全開にした。そのとき、背中合わせに勉強机を置いている弟が「虫が入る。虫が入った」と騒ぎだした。テル男は怒鳴りつけようとしたが、その怒鳴り声がサチ子の耳に入ってはならないと即座に思い、素早く部屋を出た。しばらくして太いロープとガムテープを手に部屋へ戻ってきたテル男は、手際よく弟をしばり、ガムテープで口をふさいだ。そしてようやく窓から身を乗り出すようにして、続きに耳を傾けたのだった。

——ぼくがここに全裸姿でこうしているのは、つまり……

全裸姿の男子はくりかえしたが、またゲゴッゲゴゴッと咳き込んだ。その先をなかなか続けることができなかった。全裸姿の男子はうっすらと全身に汗をかいていた。これはあきらかに風邪の初期症状である。

全裸姿の男子は胸に手をあてて呼吸を整えると、振り絞るようにして声を出した。

——ぼくがこうしているのは、制服を貸してしまったからです……

全裸姿の男子はあいかわらず勃起したままだったが、膝を立てていたのであまり目立たなかった。サチ子は膝を立てているのがそういう理由によるなどとは思いもしなかった。ただ手のひらに残る感触を気味悪く思っていた。

——……でも学校の中で制服が必要な人って、いるかしら？

——います。

——それはだれかしら？

——全裸姿の男子、です。

彼はこの日の放課後に、見知らぬ男子から声をかけられたのだという。その男子が最初に全裸姿だったというのだ。その最初の全裸姿の男子に制服を貸したために、今度は自分が全裸姿になってしまったのだというのである。

この日の放課後、まだ全裸姿ではなかった彼は教室に一人でいた。しばらくして、廊下から声変わりした低い声が聞こえてきた。まだ全裸姿ではない彼はその声に聞き覚えがなかった。教室に入ってこないところから察すると、べつのクラスの男子にまちがいない。まだ全裸姿ではない彼は、そう思って納得したのだった。同時に不思議にも思った。それは正確に名前を呼ばれたためである。全裸姿でない彼の名前は、まだ習っていない漢字で難解だった。だからまちがえて呼ばれることに慣れていた。全裸姿でない彼は、まちがえることなく自分の名前を呼んだ人物に好意を持った。今すぐ廊下へ行って確認したい誘惑にかられた。けれど、それは無理な相談だった。席に座ったまま身動きが取れなかったのである。というのは、彼の両方の手の甲の上にはタップリと水が入っているために非常に重たくなった壷が載っていたからである。

それで、まだ全裸姿ではない彼は「だれ？」とできるだけ大きな声で訊いてみたのだが、返答はなかった。窓の向こう側の中庭が騒がしく、まだ声変わりをしていない声では廊下まで届かなかったのだろう。声をだすことをあきらめたまだ全裸姿ではない彼は、机の上に手のひらをピッタリとつけたまま、壷を落とさないよう細心の注意を払いながらゆっくりと振り向いた。

ドアはわずかに開いていた。たくましい腕が水平にのばされていた。親指を立てていた。腕は毛むくじゃらであった。まだ全裸姿ではない彼は驚きのあまり、思わず両手を上げて「ウワアッ」と叫んでしまった。壷は空中で素早く回転し、床に落ちて粉々に割れた。周囲は水浸しになった。跳び撥ねている金魚を急いでつかもうとしたとき、その濃い毛に覆われた、たくましい腕が激しくドアを叩いたのだった。

思わず両手の金魚を握りつぶしてしまったまだ全裸姿ではない彼は、おそるおそる首をのばした。今度は肩のあたりまでが大胆に露出していた。うっすらと汗をかいているようだった。「制服を貸してくれ」と太く低い声がわずかに開いたドアから聞こえてきた。すぐに「何も着ていないのだ」とつけくわえた。脇腹と大腿がかすかに見えた。まだ全裸姿ではない彼は、この廊下にいる男子は本当に全裸姿なのだということがわかった。

全裸姿の男子は、それから腕を折り曲げたりのばしたりした。発達した筋肉が隆起した。まだ全裸姿ではない彼が思わず見とれていると、「へくちーん」と、意外に可愛らしいクシャミが聞こえ、すぐそのあとからやや怒った口調で「はやく服を貸してくれ、風邪をひいてしまう」と聞こえてきた。まだ全裸姿ではない彼は体育着（廊下のロッカーの中にある）を取りに行こうとした。だけどドアへ駆け寄ろうとして、すぐ、立ち止まった。ロッカーの鍵がなくなっていることに気がついたのである。ポケットの袋部分の布地をびろ～んと引っ張り出して隅々まで確かめたのだが、何も出てこなかった。まだ全裸姿ではない彼は、このとき、もうすぐ自分が全裸姿になるのだということを悟ったのだった。

まだ全裸姿ではない彼は制服のボタンを外した。そして徐々に全裸姿に近づいた。完全に全裸になると制服（と下着）を廊下に投げた。廊下からはやがて「心配しないでいい。すぐ戻ってくるから」と聞こえた。それを最後に今は全裸姿ではなくなった男子の声は聞こえなくなった。全裸姿になった彼はそれからずっと、今は全裸姿ではない男子がくるのを待っているというのである。

全裸姿の男子の話を熱心に聞いていたサチ子は、急に何かを思い出したかのように手をたたいた。

――その声の低い男子って、こんな声じゃなかった？

そういってサチ子はできるだけ低い声をだしてみた。けれど、即座に「あまり変わっていないように聞こえますが」といわれてしまったのだった。

とはいえ、サチ子はまちがいなくあの男にちがいないと思った。


あの男にまちがいない、とサチ子は思った。カーテンを締め切った薄暗い教室で全裸姿になったばかりの男子が途方に暮れていたちょうどその頃、サチ子はケイ子との待ち合わせのためにカフェテラスにいた。ケイ子というのはサチ子の親友の名前である。親友とはいっても、ケイ子はサチ子とちがって〈天然〉と呼ばれることはなかった。ケイ子はサチ子とまるで正反対の性格の持ち主であり、そのためか、かえっていいコンビであると評されたりもしていた。サチ子は両親に、グループ学習の宿題があってケイ子と一緒に泊まり込みでやる約束があるからと嘘をついて、学校から帰宅した後、ふたたび家を出たのだった。待ち合わせ場所のこのカフェテラスに、サチ子はこれまで入ったことはなかった。ケイ子から店の名前（フランス語）を告げられても覚えられなかった。ただ、部活の帰りによく立ち寄るサークルKの真向かいにあったので場所だけはよく知っていたのだった。

サチ子は通りに面した二人がけのテーブルに案内された。注文を済ませると（もちろんカルピスを注文した）、足を組んで向かいのサークルKを眺めた。サチ子はバミューダパンツをはいているので、足を組むと今まで隠れていた膝があらわになった。断言してもいいが、この膝に手を置いてみたいと思わない人は、この世に一人としていないはずだ。ことによったら倒れるフリをしてでも触れたい、そう思い込む人がいても不思議ではない。それくらい魅力的な膝なのだった。暮れかけた日差しはサチ子の膝を黄金色に照らし続けていた。サラリーマン風の男性客が立ち上がった。だけど彼は何もせずに通りすぎた。サチ子は足を組み替えた。約束の時間はすぎていた。一〇分経ち、二〇分がすぎてもケイ子はやってこなかった。このあと、ケイ子と共にもう一つの待ち合わせ場所に向かう予定なのだが、どうするつもりだろうとサチ子は思った。その待ち合わせ場所はケイ子しか知らなかった。待ち合わせてからどこに向かうのかも、サチ子は知らなかった。サチ子はスポーツバッグを肩にかけてベンジャミンゴムノキを触りながら電話の置いてある方へ歩いて行った。

　サチ子はスポーツバッグからアドレス帳を取り出した。パラパラといくらめくってみても、ケイ子の電話番号は見つからなかった。そのページだけがなくなっていたのである。サチ子は途方に暮れたが、新しい電話番号を聞いたときに生徒手帳に書いてもらっていたことをすぐに思い出した。それで生徒手帳を取り出して番号を押した。けれど、あいにく何度かけ直してもつながらないのだった。あきらめて生徒手帳をスポーツバッグに戻した。

　サチ子はベンジャミンゴムノキの鉢の置いてある角を曲がったが、なかなか席に着こうとしなかった。自分の座っていた二人がけのテーブルの向かい側の椅子に、見知らぬ若者がいつのまにか座っていたからである。サチ子に気がつくと、若者は極めてケイカイに立ち上がり、陽気に右手を振ってみせた。

　――やあやあやあ、ビックリしたでしょう。

　――え？　ええ。

　そう返事をしたものの、サチ子はやはりこの若者に見覚えがなかった。若者は詰め襟の制服に身を包んでいた。それはサチ子の通う中学の制服とおなじものだった。だけど、あきらかに中学生ではなかった。もっとずっと老けていた。すくなくとも二〇代の真ん中はすぎているだろう。ズバリ、二七、といったところだろうか。サチ子は数歩、後ずさりしていた。そして方向転換したとき、ちょうど目の前にトレーを持ったウエイトレスがいた。ウエイトレスは詰め襟の若者の前にミネラルウォーターとメニューを置いた。「お決まりになりましたらお呼びください」というとミニスカートをひるがえして立ち去って行った。サチ子はタイミングを逃したわけだ。

——外から手を振っていたんですが、見えませんでしたか？　ほら、通りを渡ったあのあたりから、手を振っていたんですが、さっきから。

若者はウエイトレスの後ろ姿を追い続けながらそういうと、ミネラルウォーターを勢いよくゴクゴクッと飲んだ。突き出た喉仏が大きく上下に動いた。

——ほら、あのコンビニのあたりから。ここから見えるでしょう。あの歩道のところを歩いていたんです。それで、手を振ったら、立ち上がったものだから、てっきり、ぼくのことに気がついたんだと思ってしまって。もう出てくるかな、もう出てくるかな、今かな、今かな、と、あのあたりを行ったりきたりしながら待っていたんだけれども、なかなか現れないので、これはオカシイ、と。それでぼくみずからがここへきた、というわけなんです。

——人ちがいされてるんじゃないですか？

サチ子が思い切ってこの不審な若者に向かってそういおうとしたとき、またウエイトレスがやってきて、若者に「ご注文は？」といった。若者は手をヒラヒラさせて「レモンスカッシュください」といった。それから、突っ立ったままのサチ子を見上げると「座らないんですか？　それ、こっちに置きましょう。ここ空いてるから」といって手を伸ばした。ギュウッと手を握られたサチ子はビックリして自分からバッグを若者に渡してしまった。若者の手は湿っていた。若者は微笑を浮かべながらドラセナの鉢とカラジウムの鉢の隙間（丸く跡が残っていることから、かつてそこにも観葉植物の鉢があったであろうと思われる）に置いた。

——私服だとやっぱりわかりにくいですね、かえってね。個性が出るとかえってわかりにくいですよ。視線が合っていなかったら、この前を歩いていても全然気がつかなかったでしょう。いくらここが通りに面したカフェテラスであってもね。髪型もちがうしね。全然雰囲気が変わりますね。

若者はそういうと、テーブルの下に置いてある自分のスポーツバッグを両足のあいだにはさんだ。微笑しながら「アディダス」といった。そして「おそろいですね。

気が合うのかな」といって髪をかきあげた。

サチ子は若者の顔を見ないようにしながら、もう一度「人ちがいじゃないですか？」といおうと口を開いた。すると若者はいきなり立ち上がって（頭の大きさの割りに身長は低かった）、右手を大きく左右に振った。サチ子は口を開いただけで、結局、何もいえなかった。

――今、あなたの先輩が横切りましたよ、今。見ませんでした？

――センパイ？

やっと出てきた言葉は思いのほか、大きく響いてしまった。何人かの客が振り向いた。ちょうど立ち上がりかけていた三人の男性客は、タイミングを逃したことを残念がるように首を振りながら座った。サチ子はテーブルの上に身を乗り出して、若者が「ホラ、あそこあそこ」と指さした方向に目を凝らした。確かに遠方に、自転車にまたがった後ろ姿が見えていた。すでにあまりにも距離が離れていた。その黒っぽく見える服装がはたして制服なのかどうかはわからなかった。そしてわからないまま、とうとう角を曲がって消えてしまった。

――あれがきょう自慢してた自転車だな。手作りだそうですね。

――手作り自転車って、あれ、轟先輩なの、あれが？

――ええ、そうですよ。まちがいないですよ。こっちに気がついているようでしたよ。……何かおかしなことでも？

今まで微笑んでいた若者はその太めの眉をひそめると、サチ子の目を睨むように覗き込んだ。サチ子は一瞬目を伏せたが、すぐに顔を上げた。そして、思い切ってさっきから飲み込んでばかりいるセリフを口にした。

――人ちがいしてるんじゃないですか？

若者の眉間にさらにシワが寄った。一重の細い目は極限まで細まった。

――いや、あれは確かに轟先輩、です。

――そうじゃなくて、私のこと、だれかとまちがえてるんじゃないですか？

――ぼくのこと、知らないんですか？

サチ子はうなずいた。

若者はレモンスカッシュをゴクリと飲み込むといきなりゲゴッゲゴゴッと立て続けに咳き込んだ。

――ゲゴッゲゴゴッごめんなさい、喉がチクチクして。ぼく、炭酸飲めないんでした。

若者はバーバリーのハンカチで口許を押さえながらサチ子を上目使いに見た。

——それに、制服、まだ着慣れてないから。詰め襟というのは、どうも着慣れなくてね。サイズが合っていないようでね。

サチ子は何もいわなかった。若者は足元のバッグを取ろうとしてヒジをぶつけた。ヒジをさすりながら「このテーブル、透明だから、ないのかと思った」といった。それから「このヒジのしびれって、本当にみんなおなじように感じてるんですか?」とつけ足した。

サチ子は黙っていた。若者はバッグから取り出したあぶらとり紙を広いヒタイにあてた。もう一枚は頬にあてた。そして二枚のあぶらとり紙を両方の目の前にかざした。タップリと汗を吸収して透明になったあぶらとり紙の中で、細い目がパチパチとまばたきをくりかえした。使用済みのあぶらとり紙を目の前にかざすという奇妙な格好のままで若者はしゃべりだした。

——……ぼく、きょうの部活見学のときに顔を見られているかなと思っていたものだから。ぼくを見て、ニコッと笑ってくれたように思っていたから。あなたはきょう、ちっともぼくを見ていなかったんですね。勝手な、本当にぼくの勝手な思い込みだったということが今、はっきりした。コッケイだと思っているでしょう、今。今、そんな顔した。いいですよ、退場しましょう。すぐここから退場しましょう。アア、転校してきたばかりなのに、もう転校したい気分だよ。

すぐに退場するといったわりに、この若者はなかなか席を立とうとしなかった。それどころかさらに言葉を継ぎ足し、語り続けたのだった。

――アア、あのとき、ぼくの相手をしてくれたのは誰だったのだろうか。あのとき、「入部したいのですが」というぼくに、あなたは「転校生?」といった、そう思っていた。ぼくが「そ、そうです。わかりますか?」というと「ウン、ちょっとイントネーションがちがう」といってやさしく微笑んだ。それから「残念だけどソフトボール部は女子しか入部できないの。野球部は自主トレの一環だといって中庭で草むしりをやらされてるわ。行ってみる?」といってぼくの手を取って導いてくれた。だけど、それがあなたでなかったとすると、いったい、誰だったのだろうか。忘れもしないあの感触、小さくて、やわらかく、シットリとしていてスベスベな、あの手のひらがあなたでなかったとすると……

メガネみたいにかざしたあぶらとり紙をつまんでいる指が激しくふるえていた。嗚咽が言葉を途切れさせていた。それでもなお語り続けようとして、またゲゴッゲゴゴッと立て続けに咳き込んだ。クシャクシャに丸めたバーバリーのハンカチに痰を吐き出した。そのときレモンスカッシュの入ったグラスにヒジが触れた。若者はあわててグラスを両手でつかもうとしたが、まにあわなかった。いや、まにあわなかったどころか、両手でカルピスの入ったグラスも勢いよく押し倒してしまったのである。ミネラルウォーターの入ったコップには何も触れなかったはずだが、ことのついでのようになぜか倒れていた。強化ガラス製のクリスタルテーブルの上はたちまち水浸しになった。ガラスの破片と氷が混じり合って散乱していた。レモンスカッシュとカルピスとミネラルウォーターの混じり合った液体は床にしたたり落ちた。若者は叫び声をあげた。

涙を流しながら一人でパニックに陥っている若者にはかまわず、サチ子は冷静に化粧室へ向かった。モップを持ったウエイトレスとすれちがった。

鏡に姿を映してみても、汚れはどこにも認められなかった。ソデにもシミはついていなかったし、髪の毛もきれいな栗色をしていて汚れてなどいなかった。サチ子はあのテーブルにはもう戻りたくないと思った。そして時間かせぎのつもりで三つ編みをはじめた。

ゆるくウエーブのかかった栗色のツヤのある髪は、すこしずつまとめられながら柔らかくゆれていた。器用に髪の毛を編んでいくその指先はとても細くささくれなどはなく適度に保湿されていた。形のいい耳が鏡に映った。耳には小さなピアスがキラキラと光っていた。

それにしても、とても中学生とは思えないほどの美しさだ。いや、この引き締まっていながら弾けるようなハリはあきらかに一〇代半ばの肌にはちがいない。だけど、たいてい、一〇代半ばといえばニキビに悩まされる年頃ではないだろうか？サチ子の顔のどこを探しても、ニキビは一つも見つからなかった。螢光灯に照らされていてもテカッたりなどはしない。毛穴という毛穴も引き締まっていて、いくら近づいてみたところで、やはりそのキメ細かさに変わりはない。もちろん、ファンデーションなど一切使用していない。頬のあわい桜色もチークによるものではない。だが、サチ子の美しさをただ肌の美しさ、肌のキメ細かさだけに集約するとしたら、それはあまりにも不当であろう。指摘する箇所は無数にある。鏡に映ったサチ子の満月のように大きく美しい瞳にはただただみとれるばかりだ。この瞳は、笑ったときに魅力的な三日月になるのである。さらに、これもまた強調しておく必要があると思うが、笑ったとき頬がふっくらと盛り上がるその形も、この上なく美しいのだった。さらに、さらに、これはもうほとんど決定的というべきだが、口の両端から可愛らしい八重歯が覗くのであった。なぜ八重歯があると可愛らしさが引き立つのだろうか？　なぜ、すべての男は八重歯のある女性を好むのだろうか？　本当にこれは謎としかいいようがない。小さな三つ編みを作ったサチ子は軽く上を向いて口角を塗り残さないように注意しながらリップクリームを塗った。そしてその上にグロスを重ねた。横顔からだとハッキリと見て取れるのだが、顎から鎖骨にかけてのラインのなめらかさには圧倒されざるを得ない。とはいえ、いくら言葉を重ねたところで一分の隙もない完璧なその美しさに近づくことは到底不可能だろう。実際にこの場で、その目で、確かめてみるしかないのだ。いや、もしこの狭い化粧室にサチ子だけでなく、誰かもう一人いたとしても、見るだけでは何も確かめたことにはならないと不満を述べるにちがいない。おそらく彼は、ふるえる指先をサチ子のTシャツの襟ぐりにゆっくりと伸ばすだろう。その指先はうっすらと浮きでた折れそうなほど細い鎖骨を軽くなぞってから、すべるように顎へのラインを這いのぼり、グロスを塗ったばかりの光沢のある唇にたどり着くだろう。閉じられていたと思っていた唇は、適度な湿り気を帯びてわずかに開かれており、ためらわず彼はその這わせた指先を誘い込まれるように挿入する……

鍵をかけたはずの化粧室の鏡に、いつのまにか中年の主婦のテカテカした顔が映っていた。サチ子はすでに化粧室からいなくなっていたのだ。

化粧室から戻ってくると、詰め襟の若者の姿は消えていた。こぼれたはずのカルピスは手のつけられていない状態でテーブルの上に置かれていた。テーブルの下で若者の両足にはさまれていたスポーツバッグはなくなっていた。サチ子のスポーツバッグはドラセナの鉢とカラジウムの鉢の隙間に置かれたままだった。すべてはおなじ位置にあった。詰め襟の若者のいた形跡がなくなっていることを除けば。

気味悪く思ったサチ子は、とにかくここを出ようとレジまで行きかけて、足をとめた。肩にかけたスポーツバッグが妙に軽いのが気になったからである。急いで中を調べた。たたんでしまったはずの制服がなくなっていた。

スポーツバッグの中にしまわれていたサチ子の制服（学校指定の紺のセーター、ハイソックス含む）が、さっきの制服姿の若者のスポーツバッグの中に移されてしまったのは明らかだった。サチ子は顔を上げた。そのとき黒い詰め襟の後ろ姿が視野の隅に入った。ちょうどカフェテラスの前の通りを横切って行くところだった。サチ子はすぐに後を追って外へ出た。

周囲を見渡したが黒い詰め襟の後ろ姿は薄暗い風景の中に紛れ込んでしまっていた。

ゲゴッゲゴゴッと咳き込む音が廊下に響いた。

その間隔は徐々に狭まってきた。残暑が厳しく、日が暮れてもまだそれほど肌寒くはなかったが、昼間と比べるとやはり気温の差はある。裸でいるならなおさら、その差には敏感にならざるを得まい。ことに全裸男子のいる場所はドア一枚を隔てて屋上と接しているのである。時間が経過すればするほど、一段と冷え込んでいくはずだ。もともと身体が丈夫そうに見えないこの男子はさっきよりひどく汗をかいていた。またゲゴッゲゴゴッ、ゲゴッゲゴゴッと立て続けに咳き込んだ。今度は大きく息を吸い込むとき、ヒュウヒュウという引っ掛かるような音も聞こえるのだった。おそらく本格的に風邪をひき始めているにちがいなかった。

サチ子は自分の着ている私服（ボートネックのボーダーTシャツ、バミューダパンツ）をあらためて見つめ直した。今までもこの男子の話を聞きながら、何度かうつむいては、見るともなく見ていたのだった。今、自分が服を脱いで貸してあげれば、この男子はとりあえず家に帰ることができるだろう。そうすればこれ以上、風邪をこじらせることはないだろう。さいわい男子でも着れる格好である。背格好も小柄だからそんなにちがいはない。自分は男子が服をまたここに届けてくれるのを待っていればいいのだ。そう思い、実際にそのように伝えると、男子は「エッ」と思わずウラ声になった。

——いや、でもダメですよ。ぼくには約束があるし、それにあなたは、ゲゴ、あなたはどうするのですか。こんな格好ではすぐに風邪をひいてしまいます。

そういい終わるか終わらないかのうちにまたゲゴッゲゴゴッ、ゲゴッゲゴゴッと立て続けに咳き込んだ。

——風邪をひいてるのはあなただわ。すぐに戻ってきてくれれば私は平気。このまま放っておくわけにはいかないわ。

男子はなおも拒み続けた。

——じゃあ、次にもう一回、セキが出たら私のいうとおりにすると約束して。それならどう？

全裸姿の男子は自信をもって「約束する」と宣言したが、そのわりにはすぐに咳き込んだのだった。

カフェテラスを出たあとのサチ子の行動について簡単に触れておこう。制服を着た二〇代半ばすぎと思われる若者に制服を盗まれたサチ子は、近くの電話ボックスに入った。あたりはすっかり暗くなっていた。電話ボックスに入ったのは、ケイ子と連絡をとるためである。サチ子はその番号に「暗記しやすい覚え方」があったのを思い出したのだった。

サチ子はその「暗記しやすい覚え方」を小声で呟きながらプッシュホンを押した。押しながらしだいに耳が真っ赤になりだしたのは、その「暗記しやすい覚え方」がいささか卑猥すぎるゴロ合わせになっているためである。とはいえ、サチ子の声でその言葉が口にされるとすこしも下品ではなく、それどころかたまらなくいい感じなのはどうしてだろうか？　電話ボックスという、いってみれば一種の密室の中では、とりわけその声がなまめかしく聞こえるのかもしれない。残念なのは、その声が恥じらいをともなっているためにとても小さく、しかも密室の中なので、外部に漏れ聞こえることがないということである。かといってこの狭く透明な密室にもう一人、人が入るのはなかなか大変であると思われる。身体をピッタリとくっつけざるを得ないだろう。かなり窮屈なはずである。それだけでなく、チョッピリ舌足らずなサチ子の甘い声と口から漏れる森の香りとしかいいようのないさわやかな息に酔わないようにしなければならないのである。

何回かけなおしてもそのたびに「お客様は電波の届かない場所にいらっしゃるか、

電源が入っていないため、かかりません」といった全然魅力のない音声が流れるだけで、一向にケイ子につながらなかった。サチ子は「暗記しやすい覚え方」を何度もくりかえした。

くりかえされる甘美なサチ子の声のすぐあとに、まったくちがう種類の声が耳元に流れ込んできたのは、それからだいぶ時間が経過してからだった。

——サチ子のウソつき！　おなじ班だけど、もう話しかけないで。あたしのこと、もう班長だと思わないで。

ケイ子はいきなりまくしたてた。電話ボックスのすぐ脇を大型トレーラーが通りすぎた。ヘッドライトが一瞬だけ、白昼のように周囲を明るくした。サチ子はボタンを押して、音量を最大にした。ケイ子がどうして腹を立てているのか、サチ子にはサッパリわからなかった。

——ケイ子、落ち着いて。きっと、誤解をしているんだわ。それを解くためにも、今から会いましょう。今、どこにいるの？

ケイ子からの返答はなかった。音量が最大になった受話器からはシャシャシャシャ、シャシャ、シャシャシャシャ、シャシャ、という音が聞こえていた。おそらく、そばにあるメモ用紙に落書きをしているのだろう。

しばらくするとケイ子はその音を中断させた。

――何を解くっていうの。約束破ったくせに。今、待ち合わせの場所にいないでしょう。ホラ、図星でしょう。誤解などしてない。あたしは悪くない。

ケイ子がいったいどのような想像を受話器の向こう側で繰り広げているのか、具体的にはわからないままだったが、その想像がまったくの見当外れであることはまちがいないので（サチ子が待ち合わせの場所に今はいないということは当たっていたが）、サチ子は強く否定したのだった。

――約束ならちゃんと守ったわ。ずっと待ってたわ。ずっとたのしみにしていて、きょうの予習だって、昨日のうちに終わらせていたくらいなのに。

――ウソつき。今、男と一緒にいるくせに。

「男と一緒にいるくせに」とケイ子はくりかえした。くりかえされても、サチ子にはそれが何のことだかまるでわからなかった。いくら親友でもわからなかった。それはいったいどういうことなのかと訊き返した。ケイ子は「あたしが何も知らないとでも思ってるんだろう」といった。そして声をひそめて語りだしたのだった。

ケイ子の語った内容は次のとおりである。

ケイ子が家を出たちょうどそのとき、携帯の呼び出し音が鳴った。知らない男の声で「ケイ子さんですね」といってきた。その男は低い声をいっそう低くして「サチ子との待ち合わせ場所に行っても無駄ですよ」といった。そして「サチ子は今、私と一緒にとある高層ホテル（名前はちょっといえないが、この近辺に林立する高層ホテルの中でも一番見晴らしのよい、とだけいっておくかな）の展望レストランでお茶しているんだから」と、つけ足したというのである。ケイ子は語気を強めて「どういうことですか」と訊いた。男は「ハハハハ」と低い声のまま笑い、「長くはしゃべれないんですよ。今、トイレに行ってくるといってようやくあなたに連絡ができたんですから」とさらに低い声でいった。

ケイ子は「どうしてこの電話番号を知っているのか」といおうとして口を開こうとしたところへ、男は「アッ、危ない！」と叫んだ。門を開けて私道に出たケイ子の目の前を宅配便のトラックが通りすぎた。もうすこしでタイヤが足の上を走るところであった。ケイ子はこの男が高層ホテルなどではなく、どこか近くから見ているのではないかと思った。私道に出て、周囲を見渡したが人の気配はなかった。男は「やれやれ」といって溜め息をついた。「トイレから出てきた中年の婦人と、入ろうとしていた子供がぶつかっておたがいに尻餅をついたんだよ。たいしたことはなくて何よりだ。そうそう、あとでサチ子から何か訊かれたら、約束の場所でずっと待ってたとでもいっておくことをお勧めするよ。くれぐれも電話で忠告されたなんて、いわないようにね。私だってわかっちゃうからね。だってサチ子は、約束を変更するのならばあなたに連絡するべきだと、私がいくらいっても、首を縦に振らないんだからね。それどころか、むしろ黙っていた方がいいというんだからね。残酷な性格は本当に母親ゆずりだよ」

いつのまにかあのシャシャシャ、シャシャ、シャシャシャシャ、シャシャ、という音が再開していた。サチ子は最初の「シャシャシャ」で〈シ〉を、次の「シャシャ」で〈ヤ〉を書いているのだと思った。だけど、当然のことながら、サチ子が口にしたのはそのことではなかった。

——ケイ子、聞いて。私、その男、知ってるわ。

——そうね。隣にいるのでしょうからね。

ケイ子はハッキリとそういい返した。

——私、その男に制服を盗まれたの。ケイ子に電話してきた男と同一人物にまちがいないと思う。あのね、前に生徒手帳にケイ子の携帯の番号を書いてもらったでしょう。それ見てかけてきたんだわ、きっと。制服のポケットの中だからね。時間帯からいって、きっとそうだわ。とても特徴のある声をしてた。ねえ、こういう感じの声じゃなかった？　ほら、こんなおなかの底からでてるような声じゃなかった？

ケイ子は、「あまり変わってないように聞こえるけど……もういい？」といってサチ子の声を遮って、話の続きをしゃべりはじめたのだった。

それによると、自分の部屋に戻ったケイ子はすぐに小池に電話をかけたのだという。「よう、ひさしぶりじゃないか。そっちから連絡くれるなんて」と、小池はケイ子からの電話に喜びを抑えきれない様子でいった。そして口の中でクチャクチャと音をさせながら「番号変えたろう？　あれから何回もかけたんだぜ。ナア番号教えろよ」といった。ケイ子は、サチ子が今、高層ホテルの展望レストランで大人の男と一緒に食事をしていると告げた。小池はムガムムッとチューインガムを飲み込んだ。すっかり狼狽しているようだ。

小池　……しょ食事だけだろう。なんてことはないさ。

ケイ子　食事のあとがあるのよ。

小池　食事をしたらゴチソウサマだろ。

ケイ子　そう、ゴチソウサマよ。

小池　サヨナラだ。それで別れるんだ。

ケイ子　ウウン、一緒に部屋に入るの。
小池　なんだって！
ケイ子　着てた服を脱ぐの。
小池　服を脱ぐ！
ケイ子　そして、持参していた制服を着るの。
小池　ホッ、なんだ、また着るんじゃないか。ビックリさせるなよ。
ケイ子　でもまた脱ぐの。
小池　結局、脱ぐのか！
小池の鼻息はすっかり荒くなっていた。「すぐ職員室にくるように伝えろ！」と怒鳴った。
ケイ子の話を聞いているうちに、サチ子の顔色はしだいに青ざめていった。とうとう話の途中でガチャンと音をたてて電話を切った。そしてサチ子はバッグを肩にかけた。狭いのでヒジをぶつけてしまった。ガラスの向こう側にも、ヒジをさすっているサチ子の姿が映っていた。サチ子は今から学校に向かわなければならなかった。誤解を解きに行かなければ、本当はいない男と一緒にいると思われたままになるからである。折り畳むようにして開くドアを開けて電話ボックスを出ると、サチ子は駆け出した。ガラスの向こう側のサチ子は、暗い街路樹に消えた。

もう何も聞こえてこなかった。サチ子の両親の激しい言葉のやりとりも、物が物にぶつかる音も聞こえなかった。あたりはいつもの夜のように、いつまでも静寂を保っていた。テル男はさっきからずっとおなじ姿勢（耳の後ろに手のひらをあてる）を維持していたので、すっかり肩がコッてしまっていた。テル男は結局、予習にとりかかっていなかった。ノートは依然、白紙のままだった。椅子から立ち上がり（窓のそばに移動させていた）、大きく伸びをしたところで、階下から母親が呼んだ。ケン一から電話だという。

窓を閉めながら、テル男は時計に目をやった。もうすでに入浴の時間が近づいていた。テル男は、弟をまたぐと部屋を出た。

横倒しになった受話器を取るとまず聞こえてきたのは救急車のサイレンの音だった。ケン一は「モシモシ、モシモシ？　聞こえてる？」と不安そうな声をだしていた。サイレンはしだいに遠ざかり、いつのまにか聞こえなくなった。

——聞こえている。用件は？　悪いが、急いでほしい。まだ予習が終わっていないからな。

——予習なら俺もまだ終えてない。というより、じつはまったくやってないにひとしい。

自分とまったくおなじ状態であるというケン一の表明に、一瞬ホッとしたものの、冷静なケン一があわてていることから（ケン一はあわてると声が高くなり、いつもにもまして聞き苦しい声になった）、これは緊急事態の発生にちがいないとテル男は思った。時間がズレていたのだろうか？　いや、そんなことはないはずである。いつもとおなじ時刻にサチ子が帰宅したのは確認済みなのだから。テル男がそう思っていると、ケン一は声変わりした声をさらにうわずらせた。

——これは連絡網ではなくてあくまでも個人的なお願いだ。サチ子の部屋の明かりがついているかどうか、確認してほしいのだ。説明はあとでしよう。とにかく見てきてくれ。

テル男はわけがわからないまま、サンダルを履いて外へ出た。そして用心深く塀を乗り越えた。隣の老夫婦の大きな屋敷の庭にまわりこむためである。庭はその老夫婦の姓にふさわしくこんもりと盛り上がった小さな森のようになっており、敷地内に収まりきらない枝葉が三方の隣家の庭にセリ出していた。テル男は太いクロマツの幹によじ登ると、セリ出した枝を利用してサチ子の家の裏庭へ侵入した。それからサチ子の部屋のベランダが見える位置に植わっている樹木（ヒイラギ、アオノリュウゼツラン、クリ）の方へと姿勢を低くして移動した。テル男は枝と枝、葉と葉の重なり合った隙間から見上げた。わずかに身体を動かすだけで、葉や実を包んだトゲが首や足の裏を突き刺した。サチ子はベランダの手摺りに両腕を載せていた。感激したテル男は痛みをこらえてしばらくそのまま眺めていたが「そこにいるのは、だれ？」という声に急に我に返った。まちがいなくサチ子の母親の声である。テル男はあわてて塀を乗り越えて姿を消した。

——遅い、遅い。

——ゴメン、ゴメン。でも、問題なし、だ。明かりはちゃんとついていた。

テル男は肩に付いていたヒイラギの光沢のある葉を用心深くつまんでゴミ箱に投げ捨てた。

——本人のいる気配はあったか？

——気配も何も、ベランダに出て夜空を眺めていた。きっと、予習に疲れて、一服していたのだろう。

テル男はベランダから夜空に細くのぼっていた一筋のタバコの煙については触れなかった。サチ子が喫煙をしていたことがよほどショックだったからだろう。だけど、テル男が枝と枝、葉と葉の重なりの間から見た人物はサチ子ではなかった。サチ子の父親だった。部屋の明かりで逆光になっていたので、テル男はてっきりサチ子だと思い込んでしまったのだった。サチ子の父親はサチ子の部屋のベランダに出てタバコを吸い、オナラをした（このオナラに関してはテル男は老夫婦の屋敷の小さな森の中に住む野鳥の鳴き声として聞き取っていた）。テル男は電話口で続けた。

——サチ子は次の行動に移ったはずだ。それからすぐ窓を閉めて明かりが消えたからな。われわれもグズグズしていられないぜ。

——そのとおりだ。グズグズしていないでフロに入るとしよう。

テル男は柱時計をチラッと見た。九時四〇分だった。フロに入る準備（新しいパジャマを出し、トイレに行き、歯を磨く等）を開始するまでにはまだあと五分ある。時間を調節するために、せっかちに電話を切ろうとするケン一を引き留めた。

——その前に、予習が手につかなかった理由を（ただし、五分間で）聞かせてくれ。

——ああ、そうか、確かにあと五分あるな。じつは、さっき謎の電話があったのだ。

そのときテル男はサイレンがしだいに近づいてきていることに気がついた。

——オヤ、さっきの救急車が今、こっちにきた。近づいてきた。ホラホラ、聞こえるかい？

――テル男君。いいかえして悪いが、そのサイレンとさっきのサイレンが同一の救急車からのものだとは限らないのじゃないかな。というかむしろ、そっちとこっちの距離を考えてみると、まったくべつべつの二台の救急車である可能性が高いと思う。

――なるほど。だがこうもいえるわけだ。つまり、渋滞でここまでくるのに遅れたのだ、と。

――いずれにせよ、確かめられないわけだから、どうでもいいことだ。

――どうでもいいとは聞き捨てならない発言だ。訂正しろ。ケガ人が一人、減るかもしれないのだぞ。

――ケガ人とは限らないぞ。

――病人だ、というのか。

――そろそろ続きをしゃべってもいいか。五分すぎるからな。

――ああ、ゴメン、ゴメン。つい興奮してしまった。

――どこからだったかな。ええと、そう、電話だ、それで電話が鳴ってだれも出ないのでしかたなく俺が受話器を取ると「モシモシ、ケン一君ね」と、こう聞こえてきたのだ。「今、忙しいんだけど」と俺はいった。勧誘か何かだと思ったのだ。

このところナレナレしいのがじつに多いからな。するとその相手は「フフフフ」と気味の悪い笑い声をあげて「サチ子の真似に忙しいのね。熱心よね、相変わらず」といってきた。俺はもうすこしで受話器をたたきつけるところだった。実際、高く上げた腕を振り下ろしかけていた。ちょうどそれが耳の横を通過した一瞬、「サチ子は今、家になどいないのに」と聞こえてきた。俺はあわてて受話器を持ち直して「どういうことだ」と聞き返した。「もういっぺんいってみろ」とね。近頃の勧誘は事前にそんなことまで調べるのかと思うと、正直いって不気味だったがね。するとその電話の相手はとりすました声で「教えてあげましょう。サチ子はねえ、今、学校にいるのよ」「この時間に学校にいるわけない。だいたい、何の用があるのだ」「小池に会いに行ってるのよ」「小池に？　ウソつけ」「今頃、小池と二人きりよ」「俺をだまそうとしても無駄だ」「なんなら今から確かめに行けばいいんじゃないこと」「ハハア、そうやって俺を誘い出そうという手口だな」俺がそう叫んだところで電話は切れたのだ……

テル男はケン一の話を聞いてなかった。というのは、電話の置いてある台の引き出しの中にタバコとライターを発見したからである。奥には携帯用の灰皿もあった。

——聞いてるんだろうな？

ケン一の不安そうな声が肩にかけた受話器から漏れ聞こえた。テル男はあわてて受話器をつかみ直し、耳にあてた。

——もちろん、聞いているさ。ケイ子から電話があったというのだろう？

——ケイ子？　ケイ子だなんて、一言もいった覚えはないぞ。

——今のはケイ子の真似じゃなかったのか、どうりで似てないわけだ。

——似てないのに、なんでケイ子だと思ったのだ？

——ウーム、じつに残念だ。本当はいうつもりはなかったんだがな。そこまでいわれたら仕方がない。ケン一君とケイ子の関係について、ちょっとしたウワサが流れているのだ。サチ子のファンクラブの会員であるのはカムフラージュだとね。

そういいながらテル男はタバコを一本抜き取った。

——なんだって？

——照れてるな。本当は好きなんだろう、ケイ子のこと。

——俺を陥れようとしているな。

——ほーら、そういうことで俺を油断させようとしているな。

——それはこっちのセリフだ。

——もう五分すぎるぞ。

——もう五分すぎるな。先を急ごう。まあそれで、俺は向かったのだ、学校に。そしたら、本当にいたのだ。

——サチ子がか？

——まさか？　だって、サチ子はベランダにいたっていっただろうが、テル男君自身が。俺がバッタリ出会ったのは小池だ。ジャージ姿の小池がノコノコ校門から出てきたのだ。つまり小池がこの時間にいたのは電話の相手（テル男君がいうにはケイ子）のいうとおりだったわけだ。両膝のアップリケについた汚れをはたいて落とそうとしていた小池は俺の姿に気がつくと「こんな時間にここで何をしている。ガキはもう寝ろ」と指をさして怒鳴りやがった。俺は適当に「忘れ物をしちゃって」といった。すると「そんなのあしたにしろ」と不機嫌そうにいってチャリにまたがった。俺はあわてて遠ざかる背中に向かって「先生、こんな遅くまで一人でお仕事なんて、大変ですね」といった。いくらサグリをいれるためとはいえ、すこし不自然だったかもしれない。だが、仕方がなかったのだ。咄嗟のことだったし、それしか思いつかなかったからな。キキーッと錆びついたブレーキをかけると、小池はこっちを振り向いた。驚いたことにその表情はさっきとまったくちがっていた。この上なくやさしい笑顔を浮かべていたのだ。小池は軽く右手を上げて「どうも、ありがとう」といった。そして暗闇の中に消えて行った。小池が最後に見せた、まるで精も根も使い果たしたとでもいったようなヤツレた顔が若干気になりはしたが、ともかく、これでサチ子と会っていたわけではないことは確信できた。一人で仕事していたことを認めたわけだからな。俺は方向転換して駆け出した。サチ子はやっぱり自宅で予習をしているのだ、俺の考えすぎだった……そう思うと、こんなところにいる自分がバカバカしく思えてきたのさ。

そこで不意に、ケン一は言葉をとめた。激しく咳き込む音が聞こえていたからである。「テル男君、大丈夫か？　風邪でもひいたのか？」と声をかけてもゲゴッゲゴゴッという激しい音が聞こえてくるばかりだった。

タバコを吸い終えると、サチ子の父親はベランダから室内に戻った。

サチ子の母親はブラウスのボタンを留めている指の動きを、ふと、とめた。

——そこにいるのは、だれ？

庭の方を見つめながら、サチ子の母親は声をかけた。レースのカーテンは引き千切られてなくなっていた。窓はすっかりガラスが抜け落ちて窓枠だけになっていた。外は暗闇で何も見えなかった。寝室の明かりがついたままだったので、なおさら窓の外の暗闇は強調されていた。

——そこにいるのはわかっているのよ。それ以上動かないで。

サチ子の母親はブラウスの裾をスカートに押し込みながら、窓枠へ近づいていった。

——もうそれ以上動かないで。そのあたりは一面、球根が植えてあるんだから。ヒヤシンスの球根を植えているんだから。ああ、ああ、もう絶対、植え直す必要があるわ。

そういってサチ子の母親は窓枠の中から姿を消した。

確かに、母親が鋭く指さしたこの場所だけが、(老夫婦の庭ほどではないにせよ)数種類の庭木がたがいに枝と枝を重ねながら植えられているこの狭い裏庭で唯一、ポッカリと空いていた。いわれてみれば土も軟らかかった。最近、何らかの植物の球根が新たに植えられたのはまちがいなかった。けれど、この場所にヒヤシンスの球根が植えてあるのかどうかは、本当のところ確認のしようがなかった。なぜなら窓枠から漏れ出る寝室の明かりは消えてしまったし、月もだいぶ前に屋根の向こう側に隠れてしまって、あたりはあまりにも暗く、手のひらさえ見ることはできないからである。

——あーあ、動くなっていってるのに。こんな無神経なのは絶対、男にまちがいない！

勝手口から裏庭に出てきたサチ子の母親は、そんなことをブツブツ呟きながら近づいてきた。懐中電灯を上下に振るように照らしていた。

——ホラ、やっぱり男。こんな大きな足跡は男のものにまちがいない。それも若い男。夫婦の愛の営みを覗くようなのは、欲求不満の若い男と相場が決まってるわ。ホラホラ、黙ってないでこっちへきなさい。顔を見せなさい。

そういうと地面についた足跡をたどりはじめたのだった。けれど足跡は結局、最初の足跡へとつながってしまい、グルグルとまわり続けるだけで、一向に足跡をつけている足そのものへは、たどりつかなかった。

サチ子の母親はあきらめて近くの木に寄り掛かった。救急車が一台、家の前を通りすぎた。遠ざかるサイレンを聞くともなく聞きながら、懐中電灯を両手で抱えた。明かりはむなしく垂直に空中を照らし、すぐに暗闇に吸い込まれた。何も照らしださなかった。いや、何も照らさなかったわけではなかった。サチ子の母親の顔がクッキリと浮かび上がっていたからである。

母親というだけあって、あらためて見直すとその顔はサチ子にソックリであった。だけど冒頭で触れたような意味でソックリなのではなかった。つまり、まったく見分けがつかないほど二人がおなじ容姿をしているかというと、そんなことはなかった。ここでソックリといったのは父親似、母親似のどちらかといえば後者、というほどの意味である。冒頭で触れたことの関連でいえばむしろ、ちっとも似ていないというべきかもしれない。視野に入った彼女の顔の中で、真っ先に識別されるのはまず、シワである。懐中電灯で下方から照らされているせいもあるだろうが、クッキリと陰影が刻まれていて不気味だ。刻まれている——そう、まさに文字どおり刻まれているのである。とくに目立つシワは、口の両脇（大声で怒るためだろうか）、目尻と額と眉間だ。遠目には目立たないが、接近すると肌が荒れているのがわかる。毛穴が全部開いてしまっているのである。皮膚も固く、このところの乾燥注意報にもかかわらず手入れを怠っているのでガサガサだ（娘とまったく対照的だ）。その他に、シミやタルミやヒゲなど、サチ子とのちがいをあげていけばキリがない。ここまでおたがいの相違が明確でありながら、にもかかわらず、サチ子との相似がなお疑いようもなく認められるというのは、つまりそれは、サチ子もいずれこうなる、ということであろうか？　それはちょっと信じられないことではないか？　おもむろにサチ子の母親は寄り掛かっていたザクロの木から身体を離した。木肌が生暖かく濡れていたのである。野良犬のマーキング行動だろうか？　懐中電灯で四方八方を照らしてみても野良犬が近くにいる気配はなかった。サチ子の母親は足元に注意しながらその場をすこし離れ、今度は懐中電灯で熟したザクロが落ちている根元から照らしてみた。

木肌の濡れはじめが大人の腰の高さはあった。周囲の葉が夜露とは異なる輝きを放っていた。これはあきらかに立ち小便の跡である。つまりこれで、まちがいなく（よっぽどのことでもないかぎり）、ここにいた人物が男であったとサチ子の母親は確信したのだった。

しばらくしてようやく落ち着きをみせると、かすれた声で「続けてくれたまえ」とテル男はいった。ケン一は続きを語りだした。

――……そしたら、しばらくして、俺を追い抜いて行く影があったのだ。最初は何げなく目で追っていただけだったのだが、街灯の下をすぎたとき、思わず悲鳴をあげてしまうところだった。その後ろ姿はどう見てもサチ子にソックリだったからだ。その私服の服装の何もかもがね。まちがいなくそれはサチ子の最近のお気に入りの組み合わせだった。つまり俺の今の格好、バミューダパンツにボートネックのボーダーTシャツだったということだ（当然テル男君もおなじだと思う）。サチ子が現れたことで、すっかり俺の確信はゆらいでしまった。電話の女（ケイ子？）のセリフが頭の中でくりかえされた。「小池に会いに行ってるのよ」「小池と二人きりよ」……俺はその場に膝をつき、両手をついて倒れ込んでしまった。ショックだったからだ。やっぱり小池と何かあったのだな、そう思ったのだ。俺の足は自然とその後ろ姿を追いはじめていた。その後ろ姿はまもなく、ある一戸建の中に消えてしまった。表札はあったが俺には残念ながら読めなかった。まだ習っていない漢字だったからだ。当然、サチ子の家ではなかった。他の会員の家でもない。バカでかいテレビがあって、ソファーが三つもあった。三つもだ。母親らしき大女がバカでかいテレビでテレビ番組を見ていた。俺が不思議に思ったのは、そのビールを飲んでいる母親はソファーには腰掛けず、ぺたんと床に座っていたことだ。ということは、いったいソファーは何のためにあるのだ？　父親はまだ帰宅していなかった。サチ子とおなじ服装をした人物は二階にいた。驚いたことに（まあ当然かもしれないが）その人物はサチ子ではなかった。サラッとしてウエービーな長髪のよく似合うまだ喉仏の出ていない華奢な男の子だったのだ。俺はようやく、あれはたまたま髪型や私服がサチ子とソックリだっただけだと、結論をだすことができた。だがそれだけではまだまだ安心できない。というのは、どうしてサチ子とおなじ服装をしていたのか、それが引っ掛かってもいたからな。本当にサチ子の服かもしれない、俺はそこまで思ったのだ。それで、テル男君に確認してもらったというわけだ。本当は自分で確かめればいいのだが、俺の家からでは遠いし、すでにフロの時間が近づいていたからな。いずれにせよ、テル男君に確かめてもらったおかげで、サチ子はいつもどおり自宅の自分の部屋で予習をしていたのだと確認できた。とんだまわり道をしたわけだが、とにかく、ホッとした。おい、さっきより激しく咳き込んでいるようだが、本当に大丈夫かい？　風邪をひいたんじゃないのかい？　テル男君。

サチ子は服を脱ぎはじめてから、これは作り話じゃないか、自分は騙されているんじゃないかと思わないでもなかったが、確かめようがなかった。それよりもサチ子はボートネックのボーダーTシャツを脱ぐとき、買ったばかりのブラをやっぱり嫌がらないでつけておくべきだった、と後悔したのだった。

一〇時五分になると、サチ子のファンクラブの会員たちもまた、いっせいにボートネックのボーダーTシャツを脱ぎはじめた。もちろん、彼らはブラジャーはしてなかった。彼らは一人の例外もなく緊張した面持ちをあらわにして、「今頃サチ子はストライプの壁紙が印象的なあの脱衣場で、一糸纏わぬ姿に近づきつつあるのだ」と小声でつぶやいていたのだが、この時間にサチ子の家の脱衣場で実際に服を脱いでいたのは、さっきモモヒキ姿のまま階段をおりてきたサチ子の父親だった。

ところで、いつも決まった時間にフロの時間をあわせるのは、現実問題としてなかなか困難であることを付言しておく必要があるだろう。すでに家族の誰かが先に入っているばあいがあるからである。たとえばケン一は今、三つ年上の兄と湯船に浸かっていた。テル男は父親の背中を流していた。このケン一の兄とテル男の父親は、もちろん一面識もなかったが、二人とも同時に「またおっきくなっているな」とおなじセリフをいったのだった。しかも驚いたことには、そのあとに続いた「やっぱり俺よりでかい」というセリフまでがおなじだったのである。

サチ子はつぶっていた目を開けた。いくら近づけても、手のひらは見えなかった。月明かりは、いつのまにかなくなっていて、あたりは真っ暗だった。もしここにいるのがサチ子ひとりだけではなかったとしても、サチ子の裸体をだれも見ることはできないだろう。

「すぐに戻ってくる」といったのに、下着までサチ子のものを身につけたその男子は、なかなか戻ってこなかった。真っ暗で見えないがスポーツバッグの置かれている場所を見つめながら、サチ子は思っていた。このまま戻ってこなかったら、いったいどうなるのだろうか、と。あしたはソフトボール部の朝練がある金曜日で、ふだんより早い登校となるのに、と。サチ子は膝を抱えたままクシャミをした。

入浴を終えたファンクラブの男子たちはドライヤーで丹念に髪を乾かしたあと（全員丸坊主なのだが）、ベッドの上に寝そべりながら日記をつけはじめた。ここにはサチ子とおなじ行動が記録されるはずだった。ヨシ男とミツ雄はカルピスをこぼしたことを記さなかった（もちろんミツ雄はタンコブをつくったことも記さなかった）。テル男とケン一は電話での会話はすべて省略した。その代わりに、予習に疲れて眺めた夜空のことを書いた。テル男はタバコを吸ったことをさりげなくつけ足した。

日記を閉じると、枕元の時計を手に取った。午前〇時一五分だった。目覚ましを五時三〇分にセットした。そして明かりを消して目をつぶった。あした学校に登校するのを楽しみにしながら。

◎初出掲載誌

「読み終えて」季刊文芸『リトルモア』VOL3　一九九八年冬の号

「アクロバット前夜」季刊文芸『リトルモア』VOL6　一九九八年秋号（改稿）

「BOYS&GIRL」季刊文芸『リトルモア』VOL13　二〇〇〇年夏の号

「五郎の五年間」書き下ろし（単行本『アクロバット前夜』所収）

「屋根裏部屋で無理矢理」季刊文芸『リトルモア』VOL7　一九九九年冬の号

＊文中の強調文字は、初出時には五色（白、橙、赤、緑、紫）に着色されて掲載

「三か所の二人」季刊文芸『リトルモア』VOL9　一九九九年夏の号

本書は、二〇〇一年に、特殊なヨコ組版として刊行された『アクロバット前夜』（装幀・造本　菊地信義）を、タテ組へと組み換えたものです。

ヨコ組版『アクロバット前夜』は、第一頁の第一行目が、頁をまたいで第二頁へ、そして最終頁まで第一行目としてつながっていくものでした（そのままテキストは第一頁の第二行目につながって、ふたたび最終頁まで……以下同じ）。

『アクロバット前夜』（01）と『アクロバット前夜90°』（09）には、作品内容上の変更は一切加えてありません。

福永信（ふくながしん）
一九七二年、東京生まれ。一九九六年、京都造形芸術大学中退。一九九八年、「読み終えて」で第一回リトルモア・ストリートノベル大賞受賞。二〇〇四年、「コップとコッペパンとペン」でZ文学賞受賞（「ユリイカ」二〇〇四年八月号）。『アクロバット前夜』（二〇〇一）、『コップとコッペパンとペン』（二〇〇七）、共著に『あっぷあっぷ』（二〇〇四）。

アクロバット前夜90°
二〇〇九年六月一日　第一刷発行
著者　福永信

デザイン　sign
発行者　孫家邦
発行所　株式会社リトルモア
東京都渋谷区千駄ヶ谷三—五六—六　〒一五一—〇〇五一
電話　（〇三）三四〇一—一〇四二
ファックス（〇三）三四〇一—一〇五二
印刷・製本　シナノ印刷株式会社
ISBN978-4-89815-269-0 C0093